二つぶ重い

疒《やまひだれ》

癌闘病歌日記

岡部史

おかべ・ふみ

青磁社

＊目次

序章　椿の歌　9
第一章　初　診　13
第二章　最初の宣告　一九九七年十月　21
乳癌検査の経験から　21
最初の宣告　26
夫の判断　32
悪あがきの日々　37
二つの検査結果　41
再度の検査・一転、陰性　43
婦人科への不信　48
第三章　再宣告　二〇〇九年四月　53

最初の兆候 53
癌への怯え 58
検査結果が出るまで 62
癌宣告 68
検査入院 74
検査手術の結果 81
貯血のための採血 83

第四章　入院と手術　二〇〇九年五月 87

術式について 87
入院までの日々 94
入　院 98
ステントの挿入 101
手　術 106
術後一日 115

術後二日　119

第五章　退院まで　二〇〇九年六月　123

体が見る夢　123
ステントを抜く　128
抜　糸　131
引っ越しと海の花火　134
手術の結果説明　139
退　院　142

第六章　リンパ浮腫　二〇一〇年十月　147

リンパ節廓清　147
リンパ浮腫発症　153
吻合手術　158
病　院 ── 巨大な生命体　162

入　院　165
病室の仲間　170
手術の日　173
手術室にて　175
読書と歌の日々　178

第七章　ケロイド治療　二〇一三年三月　185

術痕のケロイド化　185
手術の費用と日程　190
主治医との悶着　193
ケロイド治療へ　199
縫合手術と放射線治療　202

あとがき　208

二つぶ重い疒《やまひだれ》

——癌闘病歌日記

序章　椿の歌

二〇〇九年の早春の、ある日のことである。
私は河野裕子歌集『母系』（二〇〇八年刊）を読んでいた。河野さんは、私の所属する短歌結社「塔」で長く選者をされていたが、二〇一〇年に乳癌により六十四歳で亡くなられている。『母系』にはご自身の乳癌にまつわる作品もあるが、卵巣と膵臓の癌に侵されて、闘病しておられた河野さんの母上について詠まれた歌も多く収められている。通読するのはもう三度目くらいになっていた。

日向にはふふつと椿咲き初《そ》めて癌は誰にも他人事ならず　　河野裕子『母系』

冒頭近くに置かれたこの歌のところで、はたと目が止まった。以前にこの歌集を手にした時には、ざっと読み飛ばしていた歌だった。それなのにこの時は、歌の方が私の深いところをすっと撫でたように感じられた。途端に潜んでいた影が、くっきりとした形を見せたかのように意識されたのだ。

当時の私に、「自分も癌かもしれない」という意識はまったくなかった。確かに身体に変調を感じてはいた。けれども特に日常生活に大きな支障があるというものではなく、どこかおかしいという程度の漠然としたものだったのである。

ところが河野さんのこの歌は、私の何か見えないところに触れたのである。振り返ってみると、とても不思議な体験だった。

この歌について詳しく見てみると、上の句は椿の花の、ちょっと笑ったような形状が詠まれている。よくいえばおおらか、ある意味図太い感じのするこの花の様子が、絵画で言うところの、デフォルメされているかのように、うまく捉えられている。

下の句に至って、作品の表情は一変する。ほのぼのとした雰囲気が一瞬のうちに萎み、安穏とした日常にすっと冷たい刃を当てるような、鋭い警告が付きつけられる。

日本人の癌の罹患率を考えると、「他人事じゃない」などということは、言われずともわかっていることではある。だが、日向の椿の長閑さとの対照が、人の不安を煽る構造になっている、と言っていいかもしれない。

私は、にわかに落ち着かなくなった。病院へ行こう、そう決意するのに時間はかからなかった。大したことではないかもしれない。なんと大げさな、と笑い飛ばせることになれば、それが一番いい。

ただ夫に余計な心配をかけないように、気づかれないように出かけたい。彼が毎年四月の初めに出かける、定例の出張の日にしよう、と心に決めた。それでも一日、部屋のあちこちに、椿の形の赤い切れ端が揺れているような錯覚に囚われていた。

心ひとつ定《き》めたるはずをモビールのひらひら動く部屋に起《た》ち居す

窓の外には

クレーンに吊るされてゐる壁一枚抗ふやうにしばし揺れをり

第一章　初診

二〇〇九年四月八日午前八時半、家を出てX病院へと向かった。足を運びつつ、まだ引き返せる、帰ろうか、という考えも脳裏を過ぎる。誰でもそうだろうけれど、やっぱり病院へは行きたくないのである。

でも今回はこのままではいけない、はっきりさせなくては、という理性の方が、怖気よりも少しばかり強かった。河野さんの椿の花の歌で、不思議な警告を受けた気持ちになってからすでに二か月ほどになる。身体に現れる変調は、大きくなっていた。この三日間ほど、明け方近くなると必ず体内から薄い血の混じった水が出てきていた。初めての出血はというと、思い出さなければならないほど、前のことになる。

血の出所は、子宮のように思われた。だから受診するのは婦人科である。X病院は我が家からは一時間余りかかる。だが地域の人達から評判が良いということは耳にしていた。後で詳しく書くが、この病院の産婦人科は、随分前になるが一度受診したことがあったのである。

この日の初診の担当医は、三十代の男性医師だった。週の半ばのせいか幸いあまり混雑しておらず、三十分ほど待っただけで診察室へ通された。私は「薄い血の混じった、水のようなおりもの」について告げ、すぐに内診室へと促された。

診察を始めて一、二分後、医師は

「あ、あ～、」

と、大きな声を上げた。

「これは～、……子宮の奥のがんじゃないかな～」

え、ということは、子宮体癌!? 途端に頭の中がぶわっと熱くなった。

検査のためだろう、子宮の奥に器具が入り、組織を削り採っているらしい。かなりの痛みが下腹部を襲うのだけれども、精神的衝撃があまりに大きく、肉体的な痛みをうまく感じ取れない、というか全部ぐちゃぐちゃに混じり合って、全身にのしかかってくるかのようだった。

忘れようとして、ようやく忘れかけることが出来た、いや、忘れたと自分に思い込ませていたその病名と病名にまつわる記憶が、こぼれた水が卓布に染みを作っていくように、たちどころに脳裏に沁みだしてくる。ここでそういわれるのなら、間違いないだろう。私は子宮体癌なんだ、それもだいぶ以前から！

色々な思いが、脈絡もなくはみ出してきて、整理がつかなくなりそうである。私はとにかく冷静になろう、と必死だったのだが。

努力もむなしく、体と意識がどんどん離れていく感じさえする。水の中を動いているように、手足がすうっと冷たくなり、やがて感覚がなくなっていく。内診の終了が告げられ、診察台を降りようとするも、足元が覚束ない。器具が入れられたことよって体内から出血があったことに気が付いたが、その手当も早々に、ようやく衣服を整え、診察室に戻り、医師のそばに腰かける。

医師の表情が、先程よりも険しくなっているように見える。声が尖って、どことなく詰問調である。

「出血はいつごろからあったんですか」

私は思い出そうとする。思い出したことを言葉にしようとする。でも、頭のなかはひっくり返った裁縫箱みたいにごちゃごちゃだった。私は大きく唾を呑みこんだ。

「半年くらい前、だったかと思います」

「半年も放っておいたんですか。一年一度の検診もうけていないでしょう」

医師はエコーで撮影した写真を三枚、机の上のボードに張り付けると、こちらに向き直った。

「ふつう、子宮のかたちは、細長い風船のようですよね。でも岡部さんの子宮は、こんな風に膨らんで、中には水が溜まっています。そしてこの上部に、ブワブワした影が見えるでしょう。これががんではないかと疑われるんです」

こんなこと、口にするだけ無駄、と思いつつも、尋ねてみずにはいられない。喉がからからして、声が変な感じに飛んでしまいそうで、躊躇しながらようやく声を絞り出した。

「がんの確率は、どのくらいですか」

「う〜ん、かなり高いですね。こんな風に、水が溜まるということは、ふつうの状態では考えられないので、たぶん五割か、それ以上…」

「子宮癌、となると手術ですね」

私は今度こそお腹を切らなければならないと、覚悟を決めるつもりで言ったのである。

でも、その時の医師の言葉は、癌の宣告よりも重く、私を打ちのめした。

「転移していれば、切れません」

どんな人でも、癌の宣告を受けるのは衝撃的なものである。でも、手術を受けて、悪い部分を取り除いてもらえるのなら、とりあえずは何とかなるだろうとは、思うものである。いやでも手術を受けるしかない、とふつうは思うものではないか。

同時に、「程度が進んでいて、手術できないような状況になってしまう場合もある」ということも多くの人達が知っている。だから「切れない」と言われたら、それはもう死の宣告のように響くものである。

この医師はそのとき、どうしてこんな一言を吐いたのだろう。一般論のつもりだったのなら、この場では絶対に口にしてほしくなかったと私は思う。私はこの一言に、「自分はもう、手術が不可能なほど進行した癌なのだ」と思い詰めてしまったのである。

その日は検査のための採血を受け、さらにＭＲＩの検査の予約もしなければならなかった。でも私は、診察によって体から出血が続いていることが気になった。トイレに入って確認すると、応急で当てておいたティッシュペーパーから下着へと血が沁み透っているではないか。内診室にはナプキンも用意されていなかったし、看護師による手当もなかった。

いや、ナプキンくらい必要と予想できなかった私が悪い。

私は売店のある階を調べ、そこで下着とストッキングを購入し、もう一度トイレに入って着替えた。そのあとしばらく、トイレに腰かけて息を整えた。なんだかひどく、みじめな気持ちだった。でも、涙は出なかった。

先に書いた通り、夫はこの日、年度初めの恒例の出張に出ており、その夜は帰らない。私は誰もいない家に帰るのが嫌で、電車を途中下車し、これまで一度も乗車したことのない路線に乗り、適当なところで降りた。郊外の住宅地に近い駅は、広々とした道路に面するものの車の往来は少なく、向かいは公園になっている。

公園のめぐりの桜は、すでに散っていて、初々しい若葉が枝を覆っている。春のやさしい日差しが、あたりを真綿のように明るく包んでいた。たくさんの人たちが談笑したり、子供たちがその間を走り回ったりしている。誰もがまぶしいほどに健康に見えた。

つい先日まで、私もまた健康なひとりであると信じ切っていた。いや、「健康である」ということさえ意識しない一人だった。今ではもう彼らとの間に、目に見えない膜、決して通り抜けることのできない透明のカーテンが張り巡らされているような気がする。

むき出しのこころ装ふいとまなく四月の日向へ押し出されたり
上簇ちかき春蚕が桑を食める音　葉桜が空を領しゆく音
蹲る、蹴り、跳ね、躍る、陽春の子等の動きはいづれも足偏
散り残る花の下ゆきたぶん、たぶん泣いてゐるのは私ではない
さやさやと桜若葉の匂ふ辺に病める臓器を意識してゐつ
午後三時、光はにはかに弱まりてだるま落としに冷気降り来る

検査結果を聞くために再度病院を訪れるのは四月十六日の予定である。その日がとてつもなく遠く思われ、また永遠にたどり着きたくないようにも思われた。

子宮体癌という病名を「忘れようとして、ようやく忘れかけることが出来た、いや、忘れたと自分に思い込ませていた」と私は書いた。実は私がこの病名を宣告されるのは初めてではなかった。でも、最初の宣告はもう、十一年半も前のことになるのである。このことをどう考えたらいいのだろう。

私は十一年間も「子宮体癌」だったのだろうか。この癌は、多くの癌の中でも、進行が遅いらしいが、これほどの長い間、何の自覚症状もないままに過ごせるものなのだろうか。

あるいは一度消えた癌が、また復活してきたということだろうか。少し肌寒い風に吹かれながら、私は十一年前の一連の騒動を思い出していた。

第二章　最初の宣告

一九九七年十月

乳癌検査の経験から

一九九七年の初夏のある朝、ベッドから起き上がろうとした私は、ふいに右胸の上部にピッとした痛みを感じた。不審に思って手を当てると、わきの下と乳房の間に小豆よりもやや大きめのしこりがあったのである。もしや乳癌にかかってしまったのか、と一時は動転したのだった。

結果を先に言うとこれは乳癌ではなく、単なる乳腺炎であることがわかったのだが、その診断にたどり着くまでがとにかく大変だったし時間もかかった。

最初は近くの産婦人科を受診したのだが、ここでは超音波による胸部の撮影を行ったのみだった。右胸上部に直径二センチほどのしこりが出来ているのが確認されただけで、悪性かどうかは判断できないと言われ、我が家から一番近い大学病院の外科を受診するように言い渡された。

私はそれまで、乳癌の診療窓口は外科であるということさえ知らなかった。女性特有の器官なのだから婦人科だろう、というくらいの感覚でいた。紹介された大学病院はこの地域医療の中核となっている病院であるにもかかわらず、乳腺外科の専門医がいないというのも驚きだった。都心の病院から週に二日、勤務しているだけなのだという。

ようやく予約できたのは四日後。外来はあきれるほど多くの人で溢れていた。待つこと三時間余り。待ち疲れた頃に、名前を呼ばれた。診察室に入ると、担当の四十歳くらいの男性医師が自分の脇に積まれたカルテの山を見ながら、額にしわを寄せた。大きなため息をつき、

「俺を殺す気か」

とつぶやいたのを覚えている。待つ患者もつらいが、医師の大変さはけた違い。気の毒に思われるほどの激務だったのである。

でもその医師は私に向き直った時、落ち着いた医師の顔に戻っていた。丁寧に診察して

くれ、

「乳腺炎ではないかと思われます。がんの場合、痛みはないのが普通ですから。とりあえずマンモグラフィーでしこりの様子を見ましょう」

と言った。ところが、そのマンモグラフィーの予約がまた大変だった。受診できたのは三週間あまり後のことだったのである。

これでもし進行の早い癌にかかっていたとしたら、助かるものも助からないのではないだろうか。この経験が私に一つの決断を導いた。「子宮癌の検診も受けておこう」と。

私の住む町では、当時四十歳以上は無料のがん検診制度があった。誕生月とその翌月の二か月間、市内の契約病院で受診するのが条件だった。

乳癌騒動の時に、最初に診てもらった産婦人科に出かけた。理由は我が家から一番近かったからである。結果は二週間くらい後に、市役所から郵便で送られる、ということだった。ところが検査の日から一週間ほどのちの土曜日、受診した産婦人科の医師から直接自宅に電話がかかってきて、

「結果を知らせるので、直接こちらに来てほしい」

と言う。指定されたのは翌日曜日の午後二時だった。この医院のお休みの日である。ちょ

っとヘンな気がした。

「裏口が開いているから、そこから入ってくるように」

とのことだった。

約束の時間に出かけると、廊下は真っ暗で人気が全くない。休日なので、看護師も事務の人もいないのである。どこに向かって歩けばいいのかもわからずまごまごしていると、暗がりの奥の方から
「あ、岡部さん?」

と言いながら、こちらに向かってくる人影が見えた。私を呼び出したこの医院の院長である、四十代の男性医師だった。

医師は私を診察室の机のそばに座らせて、検査結果の説明を始めた。

「岡部さんにも、直接市から連絡が入るはずだけど、こういうことは早い方がいいと思ってね。子宮体癌について、疑陽性だったんですよ」

そう言われてもピンとこない。医師の表情は心なしか、嬉しそうに見えた。

「ここで検査した中で、他に三名も疑陽性の人がいてね」

その名前が載っている表を、机の上に広げながら言う。これでは私にもその人達の名前

が見えてしまう。医師には守秘義務があるのに、不謹慎ではないか。誰もいない医院で、医師と向き合っていることもひどく居心地が悪いのに。にわかに、その医師に対する不信感が湧いてくる。

「紹介状を書きますから、A病院で精密検査を受けるように」

私はB病院へ行きます、と応えた。Bなら家から三十分ほどで行ける。それに当時私は、この病院で粉瘤の手術を受けたばかりで、術後の治療に通っていたのである。

ところが、その医師は急に強い口調で言った。

「子宮癌なら、A病院ですよ。病院ごとに強い分野というものがあります。A病院には子宮癌について、有名な先生もいます。この病気なら、絶対にAに行くべきです」

私はそれでもBへ行きたいと言った。だがこんこんと諭され、結局医師の言いなりになるしかなかった。

Aは少し遠い。電車を乗り継ぎ、さらにバスを使わなければならない。でも私は精密検査で白と出ることを、少しも疑っていなかった。出血があるわけではない。当時生理は順調だった。どこも痛くもかゆくもなく、しこりがあるわけでもない。健康そのものだったから、検査を受けて異常なし、とお墨付きをもらえればそれでいいのだ、と高をくくっていたのである。

最初の宣告

私がA病院の婦人科へ出かけたのは、一九九七年の十月二十三日、木曜日のことである。もうずいぶん前のことなのでよく覚えていないのだが、当時の領収証は全部手元に残してあり、初診料の記載のあるのがこの日なのだった。

子宮体癌の検査は先に記したとおり、かなり痛いものである、少なからず出血もあるし、検査後しばらくは、血の混じったおりものがあったりする。内膜組織診と呼ばれる通り、子宮の奥にある内膜を削り採るからである。

この時点でも「安心するためだ、一度だけ我慢すればいいんだ」と思っていた私は、三週間後、検査結果を聞きに行って、わが耳を疑った。

「検査の結果、子宮体癌と疑われる組織が検出されました」

と告げられたのだから。わけがわからず、ぼうっとしていると、

「ただし、まだ灰色の部分もあります。もう一度組織診を」

と言われ、またしてもあの痛い組織の削り採りが行われることになったのである。

それだけではなかった。医師は
「他に受けてもらう検査があります」

と次々に書類を作成し始めた。私は「癌の疑い」という衝撃的な宣告を受けとめることが出来ないまま、大腸や膀胱や尿管など、子宮に隣接する臓器の検査を受けるように手続きを進められてしまったのである。

当日すぐに受けるように言われた検査もあれば、一週間後、十日後、二週間後に指定されたものもある。手元の領収証を確認すると、私はこの年の十一月中旬から十二月中旬にかけて五回も諸々の検査を受け、さらに翌年初頭にはＭＲＩの検査も受けている。

これらはいずれも、過酷だった。検査に下剤や絶食はつきもの。Ａ病院は家から遠かったので、絶飲食のまま混み合う電車やバスに揺られて、病院にたどり着かなければならない。このことだけでかなりの難行苦行である。

さらに何度も採血を受けたり、造影剤を打たれたり、放射線を浴びたり…。こうした検

査の中で、健康だった身体が徐々に蝕まれていくような、心細さと理不尽さに打ちのめされる思いだった。

病気の在り処を確かめ、治すことに向かうための検査とはわかっているものの、結果が出る前にどんどん体が弱っていくのではないか。そういう実感があったのである。

子宮周辺の臓器の検査が進む一方で、肝心の子宮体癌については「完全に陽性とは言えない」というような不思議な状態が続いた。一番大事なことを後回しにして、さほど必要でもない検査をあれこれと受けさせられた、という釈然としない思いがいつまでも残ったのである。

そして年が明けてから、麻酔を使っての大掛かりな検査を受けるようにと申し渡された。子宮の奥の方の組織を大きく切り取って、組織の検査をするというのである。これは二泊三日の入院が必要らしい。年が明けて間もなくの、一月五日から七日に行われることになった。そしてこの検査によって、私は「正真正銘の子宮体癌患者」と認定されることになったのである。

子宮体癌は子宮内膜癌とも呼ばれるように、子宮の奥の内膜にできる。子宮の内膜は卵巣から分泌されるエストロゲン（卵胞ホルモン）と呼ばれる女性ホルモンによって増殖して厚くなる。そして排卵が起こり、排卵後に分泌されるプロゲステロン（黄体ホルモン）によって、分泌物をつくる。

受精が成立しないと月経になり、子宮内膜は剥がれ落ちて排出される。そのため正常な月経が繰り返されていれば、内膜に癌の先駆的なものが出来たとしても、癌に進展する可能性は極めて少ないのだという。

当時の私はほぼ定期的に月経を迎えていた。また子宮体癌になりやすいとされる、高血圧、肥満、糖尿病といったどの危険因子も持ち合わせていない。私はややや せ形で、血圧は低め。両親、兄弟はともに健康で、双方の祖父母、伯父伯母を含めて、血縁関係に癌を発症した人はいなかった。いわゆる癌の家系というものがあるとすれば、私の家族には当てはまらないことである。

私自身、普段から健康には気を使っている。禁煙は勿論のこと、日常的に運動もしている。野菜を十分摂取することを含めて、食生活への気配りを怠らず、飲酒もたしなむ程度である。

強いて危険因子を挙げるとすれば、私に妊娠の経験がないということくらいだろう。でも、私の周囲には妊娠経験のない人なんてごまんといる。事実私の周囲には、未婚の人や子供がいないという人の方が圧倒的に多い。それなのに誰からも「子宮体癌だった」などという話を聞いたことがないのである。

私が癌であるはずがないじゃないか！　そう叫びたかった。だが、状況は私を置き去りにしたまま、どんどん先へ進んでいく。

子宮体癌の手術内容については、一月の最終的検査が行われる以前に、主治医の男性医師から伝えられていた。子宮、両側付属器官、卵巣の全摘出、および骨盤内のリンパ節廓清である。なんだか、ものすごい大手術になるらしい、ということはわかる。

だがここに至っても、不思議なことに、私の癌はどのくらいの大きさで、子宮のどの部分にどのような状態でできているのか、どういった種類の癌なのか、ということについての説明は全く何もないのである。辛い検査に繰り返し耐えて来たのに、肝心なことについて一言の説明もないなんて、絶対におかしい。

「私のがんとは、どんなものなのですか？　どういう状況にあるのですか？」

と質問しても、

「早期のものですから、手術すれば治ります」

と繰り返すのみ。さらには

「日本の女性の閉経の平均年齢は、四十九歳から五十歳くらいですよ。岡部さんはもう四十六歳、子宮を切除してもほとんど何の問題もない年齢でしょう。早くしないと手遅れになりますよ」

これでは「病気なんだから切れ」と言われているというより、「不要なんだから切れ」というニュアンスの方が強く感じられる。まったく納得できない。不満そうに押し黙ると、医師はイラついた口調で、強く言った。

「一度、御主人と一緒に来院してください」

夫は当時仕事がとても忙しく、ひと月に二、三度は出張も入っていた。病院に行くとなると、仕事の調整をしなければならない。無理に時間をつくることはできるだろうけれど、私は夫には来てほしくない、という気持ちがした。

面と向かって話し合うとなれば、きっと説得されてしまう。それではまずい、と漠然と思うようになっていた。当初は単に手術に対する恐怖感からくるものだった。だが、病状に対する明確な説明が何もないという事態が続いたことで、医師に対する不信が膨らんでしまったからである。

と見かう見しては草生を突つきゐる疑ひ、疑ふ、ゆゑの雀よ
振り向きしせつな小鳥は零したり紅き木の実と驚愕の眼と
へうへうと口すぼめつつ曇天に出口を探してゐる冬の風

夫の判断

最初に子宮体癌らしいとの診断を受けたとき、私はすぐに夫にこのことを告げたのだが、彼は全く理解できない、という表情を浮かべた。胃癌、肺癌、乳癌、大腸癌などなら、普段からよく耳にする。彼の同僚や知人などにもこれらの癌を患った人はたくさんいたし、十年ほど前には彼の父が肺癌で亡くなっている。

だが、子宮体癌という病名は現在でもあまり聞かないが、当時はほとんど巷で話題になることはなかった。子宮癌といえば、ウィルスが関与する子宮頸癌のことであった。

「そんな病気で死んだ、なんて話聞いたことないよ。幸い早期でみつかったっていうんなら、

手術して切除してしまえば治るってことだろうな」

というくらいの反応だった。

私もできるだけ客観的に考えてみる。確かに痛くも痒くもないお腹を切られ、臓器を抜き取られるというのは、ひどく不合理な気がする。だが、いずれの臓器も今後生存していくうえで、不可欠というものではない。癌が治るというのなら、医師の勧めるとおりに手術を受けるべきなのか、と思う。

ただ、子宮のみならず、卵巣などの周囲の器官も全摘出するという。さらにリンパ節の骨盤内全廓清も行うということは、素人の目から見ても大げさな感じがする。

これは初期の段階であっても、必要不可欠の術式なのだろうか。巷の噂では、医師という人種はとかく切りたがる傾向があるとされる。今回の私の場合も過剰な医療行為と言えないだろうか。

私は自分で調べてみる決心をしたのである。ちなみに九七年当時、私はまだインターネットを始めていなかったので、図書館から癌に関する本を借りてくることから始めたのである。

読み始めた途端、漠然と感じていた不安が、みるみる形を伴って顕在化してくるように思われてきた。最も大きかったのは、リンパ節を廓清されることによる、後遺症である。子宮のまわりには、大腸や膀胱、尿管などが隣接して存在している。

リンパ節を廓清する際にはこれらの臓器や神経を傷つける可能性が、少なからずあるという。実際に、排尿障害や排便障害が起きて、長く苦しむ人がいるというのである。また、リンパ節を切り取られることで、下肢に浮腫が発症することも少なくないという。

これらの症状は、手術を経験した人全員に起きるわけではないが、かなり高いリスクとしてあることが分かった。にもかかわらず、私は医師からこうした後遺症のリスクについては何も説明を受けていなかった。

私はリンパ節の廓清だけは受けたくない、と医師に告げた。子宮と付属器官の切除は致し方ないが、今の段階でそれ以上は必要ないのではないか、と思えたからである。ところが医師の口調は、まるで盲腸炎の患者を前にしているようにものすごくかんたんなものだったのである。

「子宮体癌の場合、術式は一つに決まっています。骨盤内のリンパ節廓清を含めた、広汎子宮全摘出です。誰もがその手術を受けるんです。それでがんが治るんです。何を躊躇することがありますか。ご主人に相談しましょう。いつなら来院できるんですか」

医師はそれを繰り返すのみだった。

思うに当時は、いわゆるインフォームド・コンセントなるものはほとんど確立されていなかった。それどころか、ほんの数年前まで、その病院では癌の患者に告知することも一切していなかったという。

書物から得た知識を夫に告げながら、医師への不満を口にし始めると、彼の態度はにわかに変わった。彼はもともと研究者として生きてきた人、現場へ出かけて実態を調べ、さらに書物に当たり、知識を積み上げながら真実を検証していくという作業を何よりも大切にしてきた人である。

彼は私よりもずっと集中的に、かつ大量に癌についての本を読み始めた。まるで医師の試験を目指す学生のように。そして読んだ後、得た知識について私に語る。私の受けた検査の内容を一つ一つ確認する。そんな時間を重ねた後、ふいに彼はきっぱりとこう言った。

「もう、その病院に行くのはやめていいよ。手術なんて受ける必要ない」

彼が様々な面から検討した結果得た結論だった。

「子宮体癌って、ものすごく進行の遅いがんらしいんだ。今はまだ何の症状もないところを見ると、うんと初期か、あるいはがんになる手前くらいのものなんじゃないかと思われる。その段階で、広汎な全摘出なんてやり過ぎだろ？　確実に体癌だってわかってから全摘出してもらえばいいじゃないか。それでも遅すぎはしないと思うんだ」

うーん、一理あるような。私は彼の言う通りなのではないか、と思いつつ、それでも全面的に従えない気持ちが残った。大きかったのは、A病院と言う、いわばこの地域の最高の医療機関が出した結論に、全くの素人が相反する行動をとろうとすることへの不安である。

どうすべきか。私は悩んだ。病院を変えるべきか。だとすると、これまで受けてきた数々の辛い検査を、また最初から受けなければならなくなるのではないだろうか。それにその間に、癌が進行してしまう可能性もある。そうした不安もぬぐいきれない一方、自分は本当に癌なのだろうか、という疑念からも抜け出せないのだった。

縄梯子攀ぢりゆく掌が寒空にをりをり摑む風の切れはし
新月の海を漂ひ我が胎に着床せしは・・・・・驚きて覚む
あかねさす昼の三日月きりきりと弓引き絞る孤独は聴こゆ

悪あがきの日々

当時は「セカンド・オピニオン」という概念は一般に広まっていなかった。今ならカルテの写しを取らせてくれたり、これまでの検査結果のコピーをもらえたりするらしいから、十年ほどの間に、診療を巡る環境も随分とよくなってきているように思える。

九八年一月の中旬過ぎ、近くの総合病院の外科医のもとへ出かけた。子宮体癌らしいという診断を受けて間もなくの頃、私は足首をねん挫して、その病院を受診していた。思えばこの一九九七年から九八年にかけては、本当に病院にお世話になった。それまで私はとても健康で、病院に出かけることはほとんどなかったのだったが。

この総合病院の整形外科の担当医は、とても親切な四十代の男性医師だった。足首の状態を診てもらいながら、つい自分の置かれている状況について話してしまっていた。

「子宮体癌と宣告されているんですが、納得できないことが多くて困っています。説明が不十分で、医師のいうことが信頼できないのです」

と話すと、案の定、医師はひどく困惑した表情を浮かべた。私はいけないと思いながらも、

つい

「もうあれこれと検査ばかりされて、心身ともにくたくたです。でも、肝心のがんについての具体的な説明がなくて、納得できない。他の病院の意見も聞きたいのですが、またあの検査を受けるとなると、もう耐えられない気がします」

と、愚痴ってしまったのである。

するとその医師は、堅い表情のまま言った。

「カルテを出してもらうことですね。どこの病院のどの医師も、決して愉快には思わないでしょうから、それなりの覚悟が必要です。でも、患者からカルテを請求されると、病院側は断ることはできないんです」

「ほんとうですか?」

こういう情報は、私には初耳だった。

「ただし、簡単にはいかないかもしれません。かなり気まずくなるかもしれませんね。それにA病院となると、この辺りでは最高の医師と設備を誇る病院ですから。他の意見を求めたいなら、都心の、それなりに大きな病院に行かなければ意味がないと思いますね」

その医師には、本当に迷惑なことをしたと思っている。でも、誠実に答えてくれたことに感謝したい。せっかくのアドヴァイスだったが、結局カルテを出してほしいとは言えずじまいに終わったのだが。

私は今の私の症状を詳しく教えてほしいと、再度A病院の主治医に頼んだ。彼は私を小さな会議室のような部屋に連れて行き、黒板に子宮とその周辺器官の絵を描いた。

「これが子宮、体部がこちら、頸部がここです。体癌はこのあたりにできるがんです。これを放っておくと、このように頸部の方まで広がります。やがては腸やそのほかの隣接する臓器に浸潤します。肺など遠い臓器に転移することもあります」

ごく一般的な説明に過ぎなかった。私は癌に関する本をたくさん読んでしまっているので、それくらいのことはもう疾うに知っている。心底落胆した。

手術を躊躇し続ける私に、主治医は大きなため息を吐いた。そして

「手術がどうしてもいやなら、ホルモン療法という手もあるのですが」

と言い出した。この病院にはホルモン治療について権威と言われている女医がいたのである。私はその医師と相談してみたいと話し、予約を入れてもらった。

女医は率直で飾らない人という印象だった。

「岡部さんは子宮体癌に間違いありません」

私が丸椅子に座るなり、そう断言し、

「これから妊娠を、とは考えていないでしょう。ホルモン療法は基本的に妊娠を望み、どうしても子宮や卵巣を残したいという人のためのものなのですよ」

と、冷たく（患者の私にはそう響いた）言い放った。

「それに、ホルモン療法は手術と違って、劇的な効果は望めません。現段階で積極的に治癒するという保証はないのです。どちらかといえば、妊娠を先行させるための、一時的な手段と捉えた方がいいのです。加えて肥満や血栓が起こりやすくなるなどの、副作用もあります」

説明を聞きながら、単に手術へと気持ちを切り替えさせるために、一時的にこの医師を紹介したのだな、と察しがついた。もう、この医師とも話すことはなさそうだった。結果的にA病院にはこの日以降、二度と足を運ぶことはなかったのである。

あの袋小路に追い込まれたような、頼りなく心揺れていた日々のことを思い出すと、今も切なくなる。でもこんな私に、思いがけないところから助け舟が出されたのである。

二つの検査結果

短歌を通じて知り合った一人の女性から電話がかかってきたのである。彼女は私よりちょうど二回り年上で、母の世代に属する。年上の知人ということで、短歌以外のことでも相談に乗ってもらうこともあった。我が家から車で十分足らずという近距離にお住まいだったこともあって、互いの家を訪ね合うほど親しくお付き合いしていた。

私のことを「娘のよう」と言ってくれる彼女に対しつい気が緩み、癌の宣告を受けて悩んでいることなどを打ち明けたのである。すると、彼女自身も四十代の頃に子宮筋腫を患い、辛かったことを話してくれた。そして

「X病院でみてもらったらどうかしら。お宅からもそう遠くはないでしょう？　産婦人科に定評のある病院よ」

と提案して下さったのである。この一言が、躊躇していた私の背中を押してくれた。そうだ、A病院で子宮体癌と診断されたことは伏せたまま、とりあえず別の病院で検査だけしてもらうことにしよう。どうしてこんな簡単なことに気が付かなかったのだろう、と思え

た。少しだけ明るい光が差してきた気持ちになれた。

私は早速X病院で検査を受けた。ここでは、検査結果は電話で聞けるのである。なかなか合理的なシステムになっていたのである。

検査の日から五日後の二月四日、私はドキドキして声が震えそうになるのを抑えながら、X病院に電話をかけた。担当してくれた医師が電話口に出てくれる。

「心配ありません、子宮頸癌、体癌ともに陰性です」

歯切れの良い声で、こう告げてくれたのである。私は全身の力が抜けるような気がして、その場にへたり込んだ。私は癌ではなかったのだ。安心していいんだ、と思う一方、A病院での、念には念を入れた検査の結果はナンだったんだろう、という疑念が大きく膨らんできた。はてさて、どう考え、どちらを信じるべきなのだろうか。

黒と言われれば、「まさか、私ががんのはずはない」と思い、白と言われれば「本当に大丈夫なんだろうか」と疑心暗鬼に陥る。よくある患者心理だったかもしれない。

払ひても払ひても掛かる蜘蛛の巣のいつしか「鬱」の文字に見えくる
孑孑の文字に見入れば己が身も水の間《あはひ》を上下移動す

ひらきみる二枚貝に身はなくてか黒き砂の詰まりてゐたり
去年《きぞ》逝きし人の微笑みひとつづつ沁み出づるやう山茶花咲《ひら》く

再度の検査・一転、陰性

X病院で癌について陰性の結果をもらった私は「やはりそうだったのだ」と思いつつも「なぜ、がん検診とA病院では灰色と黒だったものが、X病院では覆ったのか」という疑問が湧いて来てしまったのである。

先述したように、夫はきっぱりと

「もう、病院には行くな。手術なんて必要ない」

と言う。単なるやけっぱちやあてずっぽうではない。「癌である」ということに大きな疑念を抱きつつ、検査漬けになってすっかり疲労困憊している私の様子を一番間近に見て、もっとも心配してくれたのが彼だったから。そして婦人科癌についてさんざん調べ上げ、熟慮してのことだったから、私には有難いことではあった。

もし彼が「なんとしても手術を受けてくれ」と懇願するようであったら、私は困惑しつつも頷かざるを得なかっただろう。「なんだ、結局のところ権威に弱いんだな」と、心のうちではいささか蔑むような感情さえ生まれていたかもしれない。

彼は筋金入りの学生運動世代である。権威に対し、いつも懐疑的である。だからこそ、婦人科癌の権威と呼ばれる人たちの診断に向かってさえ、自分の意見を堂々と述べる。そんな彼を誇らしく思ったし、そう言ってもらえることの方が、私にははるかに嬉しかった。

だが、しかし…。完全に吹っ切ることもできなかったのである。

一月下旬、A病院のJ医師との話し合いを最後に、私はこの産婦人科にはもう二度と行くまいと決心したのだったが、このまま何もせずに放ったらかしにしていいものかどうか。心中は、大海で波にもまれる小船のように揺れていた。

そんな私を、近くに住む母はとても心配してくれていた。そして二月上旬のある日、

「このお医者さんに相談してみたらどうかしら」

と一冊の本を差し出したのである。著者のN先生は、高齢化社会での地域医療の改革に積極的に取り組まれている女医さんとして知られていた。各地でセミナーなどを催し、その

成果を一冊の本にまとめておられたのである。開業もされていたが、その医院は我が家からそう遠くない。

母から本を渡された夜、私は本のなかに記されていた電話番号にダイヤルしてみた。長くベルが鳴った後、優しそうな年配の女性の声が聞こえてきた。その方は先生のお母さんらしく、N先生は留守であると告げる。

やはりお忙しいのだろうな、と思いつつ、「子宮体癌と診断されたが納得できないでいる、一度ご相談できたらと思っている」旨を取り次いでもらうことにした。先生のお母さんは「子宮癌って、どなたがかかられたんです？　え、あなたですか？」と驚いたような声を上げ、こちらの電話番号を尋ねてくれた。だが、N先生のご専門は、産婦人科ではない。全くのお門違いの分野からの相談で、困惑されるだけだろうなと思った。もう一度電話してみるつもりでいたが、ご迷惑ではないだろうか、と気になった。

ところがなんとその翌日、先生ご本人から電話を頂いたのだった。これには本当に感激してしまった。

「これまでの経過を書いて、相談にいらっしゃい。こちらで良い先生をご紹介できるかもしれません」

翌日先生の診療所に足を運び、私は二つの病院で異なる検査結果を得たことなどを詳しく話した。先生は私の話に耳を傾けてくれ、古くからのお知り合いというN病院産婦人科のA医師を紹介してくれた。N病院は日本でも優れた産婦人科医を擁していることで知られる病院である。

「A先生はベテランの産婦人科医だから、きっとしっかり見てくれるでしょう。その結果が出てから、安心するなり、あるいはこれからの治療を考えるなり、しましょう」

と言ってくださったのだ。私はその一言で、長い長いトンネルの先に一筋の光を見出したような気持ちになったのである。

「もう最初の診察から半年近く経つのですね。うかうかしていられませんね」

と、先生はその場で手配してくれ、なんと翌日午後に予約を入れてもらえることになったのである。これはとてもありがたく嬉しいことだった。

A先生の診察を受け、その翌々週には私はN病院で子宮内膜の検査手術を受けた。結果が出たのは一週間後のこと。夫とともに聞きに行った。

「精密な病理検査の結果、貴方の場合、子宮体癌ではありませんでした」

とのことだった。A先生の意見は

「どこからががんかという点については、判断に難しい面があるんですよ。乳癌だと思って切ってみた結果、良性の腫瘍だった、という例もあります。まあ、これからも定期的に検査をしていけば問題ないでしょう」

私は抱えてきた大きな荷物を取り上げてもらえたような、快い開放感に浸ることができたのだった。

この結果については、もちろんA先生を紹介してくれたN先生のところにも報告に出かけた。先生は自分のことのように喜んでくださった。

この一連の騒動を振り返ってみるに、やはりA病院の病理結果は大げさなものだったと思える。あの時点で、骨盤内のリンパ節廓清、両側付属器を含む広汎子宮全摘出を言い渡すなんて…。あまりにも過剰な術式の提起といえるのではないだろうか。

ただ私の場合、子宮内膜が増殖する傾向にあったのではないだろうか、とは考えられる。だとすると、ホルモン療法が有効に作用していた可能性もあったのである。

たとえばピル（経口避妊薬）にはエストロゲンとプロゲステロンの二つの女性ホルモンが含まれていて、これらのホルモンの作用で、脳下垂体から分泌される卵胞刺激ホルモンと黄体化ホルモンの分泌が抑えられるという。

その結果、卵胞の発育や成熟が抑えられ、卵胞から分泌されるエストロゲンも抑えられる。子宮内膜に対するエストロゲンの刺激も、子宮内膜の増殖も抑制されるため、子宮体癌の予防効果があるというのである。

素人考えではあるが、十一年前のあの時点でピルの処方を受けることはできなかったのだろうか。ホルモン治療の専門の先生にも相談していたのに、体癌の進行度についての吟味もなく、さらにその線での治療方針を打ち出してもらえなかったことはつくづく残念なことに思われる。

婦人科への不信

でも私は、さんざん悪戦苦闘したお陰で、手術は免れることができた。このことはとても大きかった。私は何一つ不自由のない健康な身体で、この十一年間の生活を満喫することができたからである。

この間に自分がやってきたことを思い起こすと、まず北アフリカやカリブ海などを含む、世界各地への旅行を敢行できた。さらに夫の仕事に同行し、二か月間ずつの中国滞在を二度も経験できた。数冊の英米の児童書の翻訳書を刊行し、またお菓子の文化史について研究を始め、一冊の新書にまとめることもできた。短歌では角川短歌賞の最終候補作品に残り、その後歌集も刊行している。

おなかを切られ大きな術創を得て、さらにリンパ節を廓清されてしまったりしていたら、どうだっただろう。長期にわたる入院とその後の長い療養期間。特にリンパ節を切り取られることによるダメージは計り知れなかっただろう。

当然、手術には細心の注意が払われるだろうが、こうした分野は日進月歩、その技術水準、ケアの度合いは現在よりもかなり劣るものだったに違いない。また結果的にそうした術後の後遺症から免れたとしても、傷を受けた身体はもう、術前の体とは全く異なる。絶えず細心の注意を払いながらの生活を強いられる。

そのことが数々の人生へのチャレンジを消極的にしてしまうこともあっただろう。少なくともアフリカ大陸やカリブ海の島に出かける、という気持ちにはなれなかったのではないだろうか。

ともあれ、この一連の騒動を経て、私の中に病院に対する、特に産婦人科医に対する漠然とした不信感が大きく居座ってしまっていた。思い出すに、最初の産婦人科での対応からして釈然としないものだった。

A病院での検査方針も納得できない。子宮体癌であると確定できないうちから、大腸の内視鏡検査や尿管の内視鏡検査、膀胱の検査などを受けさせられた。さらに体癌であると宣告しながら、その進行度やグレードについての説明は何もなかった。

体癌の治療方法は「骨盤内のリンパ節の廓清を含む広汎子宮全摘出と両側付属器摘出術である」と、基本方針についての説明しかなかった。その手術後、どんな後遺症の可能性があり、どういった手当がされるのか。合併症にはどんな症状が考えられるのか、そうした説明を受けた上で納得して臨まなければ、長く辛い療養生活には耐えられるものではないのである。

「恐ろしい病である癌が治るのだ。命が助かるのである。だからそのほかの苦痛は、一切我慢せよ」という態度だったようにも思える。

もうかなり以前から、癌がすなわち「死に至る病」ではなくなっている。癌治療後にも、さらに長い人生が望める人の方がはるかに多くなっている。それは私が最初に癌宣告を受けた十一年前にもすでに言われ始めていたことである。単に癌を叩く、ということではなく、生活の質を落とさないための治療を、ということが重視され始めていた。

だがまだまだ生存率を上げることの方が大切に思われていたに違いない。大きな病院ほどそんな「眼に見える数値」が重要だったのではないだろうか。まだ癌の手前くらいだった私がリンパ節廓清を含む全摘出手術などを受けていたら、子宮癌で死なないことだけは百パーセント確実であっただろうから、生存率を上げる一コマくらいの役目は果していただろう。

だが、そのことによる犠牲は大きい。

本当に手術を受けなくて良かった。ほっとすると同時に、女性は馬鹿にされているのではないか、多少とも無謀な婦人科医が増えるのは、女性があまりにも唯々諾々と彼らの言いなりになっているせいではないか、などと考えてしまう。

私はもう二度と、婦人科癌の検診など受けるもんか、と意を新たにしたのだった。だからN病院のA先生から最後に申し渡された

「全くの無罪放免、とはいきませんよ。これからは定期的に検査を受けるように」

という忠告を忘れてしまおう、と思ったのである。そんなことをしたら、ちょっとした疑

いが発生しただけで、おなかの中を全部切られてしまうような悲惨な目にあわないとも限らない、と思ってしまったのだ。

幸いにも、それから長く、私の体調には何の異変も訪れなかった。

先述したように、私はとても元気で世界中を飛び回っていた。そしてますます、A病院での一連の経緯を、忌まわしい過去として封印しようとした。「一年に一度の検診を」といわれていることも忘れようとしていた。とにかく徹底して婦人科を遠ざけるようになったのである。

衣越しに雨のもよひを知るほどのかそけさ　誰もが死ぬといふこと
自得はた自制ならむかいくたびもうなづきながら土鳩は歩む
「犇」の字のうちなる牛の前進にとほく草間の泉がひかる
海上に橋掛けられてその下にゆきどころなき空生まれたり

第三章　再宣告

二〇〇九年四月

最初の兆候

全くの自覚症状のないまま「子宮体癌である」と宣告され、さんざんあがいた結果シロであったというお墨付きを得てから長い時間が過ぎた。そのことをすっかり忘れていた私だったが十一年も経ってから、体に異変を感じることになった。思い起こすと、それは二〇〇八年六月上旬のことになる。

用事があって京都に行く新幹線の中で、ふっと体の中を垂直に駆け抜けていく何かを感じたような気がしたのである。トイレに行ってみると、下着に小さな赤い血の跡がついている。ザワリと総毛立った。

「これは、病院にいくべきか」と一瞬思ったが、あわてて打ち消した。これっぽちの血なんて、何でもない。これまでだって、不正出血は何度かあった。三十代の後半には、それで婦人科の医師に診てもらったこともある。でも特に病気はみつからなかったじゃないか。この時点で、私の脳裏からは「かつての子宮体癌宣告」は完全に消去されていた。あの一連の騒動は、それくらいに遠い過去のことになっていたのである。

出血はまもなくおさまった。私は八月の休暇にはどう過ごそうか、ということで頭の中が一杯になり、出血のことは無理やり片隅に追いやってしまったのである。

この年の夏は、カリブ海の製糖地であるキューバに行くことに決めた。私は、世界中の砂糖の産地を歩いて、その土地に伝わる糖業や甘味についてのエッセイを書き、ある業界誌に寄稿していた。キューバは、世界の糖業にとって外せない国だったのである。

だが、カリブ海は遠い。遠いだけでなく、あれこれと不便なところである。アメリカを経由できるなら日本からの便数が多くて便利なのだが、アメリカは当時、キューバに対する経済制裁をとり続けていて、キューバへの飛行便はなかった。

私はまずカナダのトロントに入国、空港の近くで一泊してから、キューバに行くという計画を立てた。その二年前にやはりカリブ海に浮かぶ島バルバドスを訪ねたことがあり、トロント経由で入っているので、空港やその周辺の地理について全くの未知というわけではない分、行き易い感じもする。

とはいえ長旅であり、いろいろと気も使い疲れることにかわりない。キューバに着く頃には、私はまた身体に変調を感じていたのである。ほんの少しずつだったけれど、出血があったのだ。そればかりではなかった。キューバに十日間ほど滞在し、帰国が迫った九月上旬、体内からゆるい水のようなものが出始めたことにも気がついた。薄い血が混じるものの、それ自体は無色透明の水である。普通のおりものとも違って、粘着性がない。

私は再び、不安に捉われていた。おかしい、これは絶対に変だ、と思った。帰国したら、真っ先に病院で検査してもらわないわけにはいかないだろう、と覚悟したのである、そのときは。

ところが東京にたどり着いた途端、まるで申し合わせたように、水も血もぴたりと止まったのである。やはり旅行中、疲れていたからだったのだろうか。

私はインターネットで「子宮からの出血」について調べてみた。子宮筋腫や良性の腫瘍などの原因に混じり、「癌」も加わっていた。だが、不正出血が癌である確率は五パーセントとあるではないか。五パーセントなら、全然心配ないな、と思い込んだ。とりあえず血も水も止まっている。病院なんか行かないでいいや、と思うと晴れ晴れとした気持ちになった。

文章を書いたり短歌を作ったり歌会に出席したり。いつもどおりの生活を続けていた。その一方で、ひまをみつけてプールにでかけては四、五百メートルくらいずつ泳ぎ、体調の管理にも気をつけた。

ところが、十二月頃になると、違ったところに変調を感じるようになった。それは腸のあたりから腹部全体にわたる圧迫感のようなもので、どうもすっきりしないのである。特に朝の起き掛けの時に、下腹部がもったりと重たいような感じがして気持ちが悪い。

私は、毎朝ミルク入りの紅茶とヨーグルトと一緒に、バタートーストを一枚食べる習慣があった。これはもう二十年以上続けてきたもので、このために食パンとバターを吟味し、焼具合やらバターの量、塗り方にも気を使ってきた。とにかくバターの薫り高い、美味しいトーストを食べなければ一日が始まらない、というほど大切な食べ物だったのである。

ところが、この腸の周囲がもったりと重たいように感じ始めてから、トーストが美味しいと感じられなくなったのである。同時に脂肪分の多い食べ物、たとえば鰻やステーキ、揚げ物などがどうしても食べられなくなっていった。

とりあえず、朝食のトーストをバナナに替えた。肉類は脂身の少ないものを少量だけ摂り、魚と野菜料理中心の献立に替えていった。

冒頭で触れた、河野裕子さんの短歌に不思議な胸騒ぎを覚えたのは、朝食の内容を変えて二か月ほど過ぎた頃である。すぐに病院に行かなかったのは、ちょうど夫と春休みにヨーロッパへ行く計画を立て始めていたこととも関係する。夫は、

「だんだん遠出の旅行はきつくなってきたから、個人旅行でのヨーロッパはこれが最後かもしれない」

と、少し弱気な発言をしていた。もしここで体調の不良なんかをほのめかしたりしたら、夫は気を使ってすぐに旅行をキャンセルする、と言い出しかねない。それはなんとしても避けたかった。

今回はポルトガル南部の小さな村の民宿に三泊する計画も立て、予約もしている。経由地であるロンドンのホテル、リスボンとさらにポルトガル中部の都市に泊ることにし、それぞれのホテルに予約も入れていた。

ポルトガルは日本の南蛮菓子のふるさとでもある。甘味に興味を持ち色々と調べ歩いて

いる私は、ポルトガルで見聞きしたいことが山ほどあった。病院にいくのは帰国してから、夫が定例の出張に出かける四月上旬にしよう、と心に決める。

旅先ではときどき出血もあったが、さほどの問題もなくすごすことができた。とにかくどこが痛いわけでもない。熱があるわけでもなく、体がむくむわけでもなく、疲れやすいとかいうこともない。出血と出水、加えて少々食べ物の嗜好が変化したこと以外、何の不都合もないのだから、自然と病院も遠のくというものだった。

だが帰国するとまもなく、また体内から水が漏れ出した。だいたいが、明け方早くにそれは起きる。ナプキンを当てても、ゆっくりとは寝ていられないほどの量だった。やがては、病院に行こうと思っていた四月上旬のその日を、じりじりと待ち構える、といった心境に変わっていった。

癌への怯え

そして、かつて私の子宮体癌を陰性と断じてくれたX病院で、今度は「子宮体癌への疑い」をほのめかされることになってしまったのである。

癌細胞は誕生してから一センチほどの大きさになるまでに、通常十年から十五年ほどかかるそうである。私の子宮体部に巣食った癌細胞がどのくらいの大きさであるのかわからないが、十一年前に発見されたものが、今日までに育ち続けた結果なのだろうか。

そうだとすると、早期の段階の癌であるとは考えられない気がする。

先述したように、半年ほど前から、腹部に変なもたれのようなもの、圧迫感のようなものを感じてきていた。大好きなトーストが食べられなくなり、以来朝食のメニューはバナナと豆乳に切り替えたままである。

これは癌が大腸辺りに浸潤している結果なのではないだろうか。とにかく医師がいきなり、「転移していると切ることはできない」と言ったことが重く心にのしかかった。考えるほどに恐怖が募ってきて、十一年前に購入した子宮癌に関する本（なぜか捨てずにとってあった）を書棚から引っ張り出して、読み返してみた。

子宮体癌は子宮の奥に内膜が増殖し、異形成の細胞が生まれることから起きる癌である。子宮内膜に限局している段階から次第に、子宮の筋肉内部に浸潤し始めたり、あるいは子宮の下方の頸部にまで及んできたりする。子宮体部のみに収まっている段階を癌の進行期のⅠ期、頸部にまで及んだ段階をⅡ期としている。さらに子宮外の付属器（卵巣や卵管）や膣などに及ぶとⅢ期とみなされる。

膀胱や腸壁などへの浸潤が始まるとⅣ期となる。このあたりになると、五年生存率は二十パーセント未満となる。ちなみに最近の数値では、子宮体癌の五年生存率はⅠ期なら九割、Ⅱ期でも八割を越える。早期に発見されれば治癒する確率はきわめて高いのである。

でも、Ⅳ期だとすると五年生存率の数値はかなり低くなる。私の場合、腸のあたりに長く違和を感じていた。すでに大腸への浸潤が起きている段階ではないのだろうか。そうなるともう手術ができるとは思えない。子宮体癌の場合、患部の位置の問題から放射線療法は有効ではないらしい。いきなり化学療法を切り出されるということも考えられる。

化学療法の副作用の厳しさはあちこちで耳にする。吐き気や目まい、脱毛、食欲不振、体の痺れなどなど…。いかに激烈な副作用に耐えたとしても、治癒できるのかどうかは確かではないのである。

死ぬのは恐ろしい。でも死を目前にみつめながら苦しい治療に耐えなければならないのはもっと、もっと恐ろしいことのように思える。想像するうちに、両足からすうっと力が抜けていくような脱力感に見舞われる。

病院で「癌の可能性が高い」とされ、「転移があれば切れない」といわれた日、私はどんな風に家に帰ったのかよく覚えていない。

一人でじっとしていると、不安で押しつぶされそうだった。こういうときは、無心に身体を動かす作業が一番なので、衣料品を整理することに決めた。ポルトガルから帰ったのは三月の末。まだ冬服をしまい終えていなかった。クリーニングに出すものと、もう今冬限りで捨ててしまうものとに分類していく。そのうちどんどん、捨てる服が増えていく。あとどれだけ、おしゃれして町を歩くことができるだろう。そう長くないのなら、冬服も普段用が少しあれば足りるのではないだろうか。片付けているうちに、じわっと涙が出てきた。

ゆつたりと海に吸収されてゆく河、のやうなる死を想ひみる
星なき夜の鐘のひびきか「癌」とふは聴きたるのちも生きねばならぬ

夫にはどう告げたらいいのだろう。驚くだろうけれど、彼が自暴自棄になったりする人

ではないことはよく知っている。その点は本当に安心していいのだ。ただ、私の精神的弱さを気遣ってはくれるだろう。私は彼の前で強がって見せられる自信など、最初から持ち合わせていなかった。

検査結果が出るまで

夫が定例の出張から帰宅したのは、四月九日の夕刻のことだった。いつも通り一緒に夕食を摂り、後片付けをすませたところで、話を切り出した。

病院に診察してもらいに行ったこと。子宮体癌らしいと医師にいわれたこと。察しの良い夫はそれだけで、もうどの程度のことなのかわかったのだろう。ちょっと驚いた様子だったが、すぐに黙り込み何も尋ねてこなかった。十一年前のことも思い出されたに違いない。

私の方はと言うと、夫に打ち明けるという当面の難関を突破すると、張りつめていた感情がどっと溢れ出すような感覚に襲われてしまった。ひどく精神的に不安定になってしまったのである。

夜はなかなか寝付けず、少しうとうとしてもすぐに眼が覚める。昼間はあれこれとした雑事に心が紛れても、夜中にぽかっと眼が覚めてしまったときが耐え難く怖しい。すっかり物音の耐えた暗闇の中で、もう地獄にいるのだろうかなどと思ってしまったりした…。まあ、他人にはお笑い種ではあるだろうけれど。

泣いていると、夫が慰めてくれた。彼は私の癌について心配し、色々とネットで調べてくれたりしていた。

特に子宮体癌に用いられる化学療法やその副作用などについて重点的に調べてくれていた。そして彼なりの覚悟を固めていたのではないか、と思う。

泣いている私を抱きしめて

「人にはね、きっと運命っていうものがあるよ。それはもう、どうにもならないんだ。受け入れるしかないんだよ。まあ、こんな風にいえるのも、自分が当事者ではない、ってこともあるかもしれない。自分ががんだったら、こうは考えられなかったのかもしれないけど」

と、前置きして言った。

「道を歩いていただけで、頭上から物が落ちてきて死ぬ人だっている。これから大地震がおきるかもしれないし、パンデミックで大量の死者が出るかもしれない。そのときになったら、みんながみんな十分な治療を受けられるとは限らない。一歩先にどんなことが待っているか、誰もわからない。あるところまでは頑張っても、後は天に任せるしかないんだ」

彼は必死になって、動揺する私を落ち着かせようとしてくれていたと思う。私にはその気持ちがよくわかった。

彼だって私同様、衝撃を受けている。不安でどうしようもない夜を過ごしているのである。でも、二人で病気を嘆き落ち込んでしまっては、これからの長期戦を戦い抜くことはできないだろう。それがわかっているから、彼は必死で動揺を隠して、私を支えようとしてくれているのだ。それに応えなければならない。

振り返ってみるに、精神的にどん底だったのは初診の日からほんの三、四日ほどだった。

やがて私の気持ちも少しずつ落ち着いてきて、

「今更じたばたしてもしょうがない。くるものは粛々と受け入れるのみ。それしかない」

という覚悟ができてきたのである。この四月八日から十一日くらいの間が、これまでの人生でももっとも辛い期間だった。

何もかもかたちを成さずほたほたと涙となつて体《たい》をはみ出る
「もう逝くね」と言ひつつ逝つたこほろぎの声のやうなる義父を想ふも
死はしづかだらう　しかし　正面にはだかる恐怖に貌はない

私には当時、八十代半ばになる両親が健在であった。私の家から歩いて数分のところに二人だけで住んでいるので、たびたび私の家にやってくる。こちらからでかけていくことも多い。私が癌であると知ったら、両親はさぞかし驚き、動揺するだろう。

十一年半前のときは両親もまだ若かった。私はすぐに癌宣告されたことを両親に告げている。癌だとしても早期であるという確信はあったし、いざとなれば手術を受ければいいのだ、という安心感もあった。

だが、今度はそうはいかないだろう。特に父親の方が身体的にも精神的にも老弱が目立ってきている。こちらが全面的に支えていかなければならない時期に来ているのである。

「やはり、子宮体癌だった」（私の場合、前科者なので「やはり」がつく）とは、両親には絶対に言えない、と思った。だが、何も話さずにはいられないだろう。黙って病院通い（あるいは入院）するにはあまりにも身近に住みすぎている。

どうすればいいのだろう。これは私には手におえないほどの難題に思えた。

とにかく病理検査の結果を待たなければならない。その結果の前にあれこれと想像をめぐらしてジタバタするのは、全くの愚の骨頂なのだった。

四月十四日にはＭＲＩ撮影の予定も入っていた。四月八日、「子宮体癌が疑われる」と告げられてすぐ、医師からＭＲＩによる検査を受けるように指示されていた。細胞診、組織診、腫瘍マーカー、そしてＭＲＩの結果によって癌か否かの診断を下す、ということらしかった。十一年前に子宮体癌を宣告されたとき、ＭＲＩの検査は、子宮内膜の掻爬による検査も済んで後、最後の最後だったことを思い出す。当時は予約が難しく、病院内で受けることが出来ないまま、外部の医療機関で受けるように指示された記憶がある。

ＭＲＩは臓器や組織によって異なる核磁気の共鳴現象を画像化するというもの。患者がベッドに横たわるとベッドがスライドして、筒状の機械の中へ運ばれていく。ここで数十分じっとしていなければならない。

十一年前にＭＲＩを受診したときは、磁気から出る音波が内耳に悪い影響を与える場合があるとか言われ、特別の耳栓を装着したことを覚えている。

今回はそんな必要はなかった。さらに、以前は筒状の奥のほうに頭から入れられる仕組になっていた。検査師の人に
「もし、閉所恐怖の傾向があるのなら、足のほうから入ってもいいですよ。場所によってはできないことがありますが、今回はおなかを撮りますので、逆でも可能です」

と言われ、足のほうから入れてもらった記憶がある。

最初は大丈夫だろう。だがもしウトウトしてしまって不意に眼が覚めたとき、自分が今何のためにここにいるのかすぐに思い出せず、瞬間的に恐怖にかられて叫び出してしまうかもしれない、とも思ったのである。私はわずかながら、閉所恐怖症の傾向があることを意識している。今回の場合は、当初から足のほうから入ることになっていて、ほっとした。

癌宣告

病理の結果について説明があったのは初診から八日後の四月十六日。医師は緊張する私と夫を前に

「まず結果から申し上げますと、やはりがんでした。子宮の奥にできる子宮体癌です」

と告げた。これは予想通りで、驚きは全くなかった。問題は進行度である。医師はそこで息を継ぎ、机の前の壁にＭＲＩで撮影した画像を掲げながら説明し始めた。

「ですが、がんとはいいいましてもいろいろな段階がありまして…」

その一言を聞いた時、私はすーっと気持ちが楽になっていくのを感じた。ああ、癌の中でもそう進行していないものなんだ、と確信したのである。

もし重症化していたら「そして、がんの中でも」とか「しかも、岡部さんの場合は」などという順接の接続詞がくるのではないか。「ですが」と逆接だったのは、「がんとはいえ、軽度です」という脈絡になる前段なのではないか、と感じたのだった。案の定、医師は画像を指差しながらこう説明し始めた。

「ここに黒くなってブアブアした丸いものが見えますね。岡部さんのがんの場合は、子宮のこの部分にとどまっているようです。もしかするとぎりぎり、頸部あたりまで及んでいるのかもしれませんが、筋肉層にまでは浸潤していないと思われます。がんの初期であるⅠ期のａあるいはⅡ期のａの段階のがんと思われます。それとがんの顔つきも良い、つまり予後の良いがんであるグレードⅠと考えられます。ただし、ちょっと腫瘍マーカーの値が高いのが気になるのですが…」

ざっと説明を終えると、医師はこう切り出した。

「セカンドオピニオンを聞きたいですか？　診断に大きな差はないと思われますが、がんセンターとかそのほかの病院へ行きたいということでしたら…」

すると医師の言葉を遮るように夫が言った。

「いいえ、ここで手術をお願いします」

私はちょっと驚いた。少し考える時間があってもいいかな、と思ったからである。でも彼の判断はいつも早い。そうグダグダしている場合ではない、早いうちに手術してもらうのが一番だ、と考えたのだろう。特に私の場合、子宮体癌の宣告は十一年半も前に一度受けている身なのだから。早期の子宮体癌ということなら、どこの病院であろうと術式に大きな違いはないはずと判断したに違いない。

目前で説明する三十代の男性医師の、率直な態度も気に入ったのかもしれない。彼は回りくどい話術を、普段から毛嫌いしている。余計な気遣いや飾った言葉などは、誤解を生むだけとして一番嫌っているのである。

医師はそういうことなら、とばかりてきぱきと次の指示を繰り出していった。まずは手術前の採尿、採血。骨盤内と胸部のＣＴ撮影。そして手術には輸血が必要だが、それに備えて自分の血をあらかじめ貯血する。全部で千二百ｃｃに上るので、三度に分けて採血に通ってきて欲しい…。

また手術前に麻酔をかけての検査を行う、としてその内容についても説明があった。

「どのような手術を行うか、それを決定するために、がんの組織がどこまで広がっているのかある程度見極めておく必要があります。この検査は一泊だけですが、入院してもらうことになります」

早期の癌だったのだ、とほっとするまもなく、手術についての具体的な段取りがどんどん決まっていく。四月二十三日に検査入院、さらに五月二十七日に本入院、本番の手術は五月二十九日に決まった。ああ、とうとうおなかを切られてしまうんだな、とちょっと哀しくなる一方、まあ、最初から化学療法などを切り出されたわけではない。良かったじゃないか。手術で治るのなら、不幸中の幸いであったといわなければならない、と考え直そうとした。一時は余命せいぜい数年なのかもしれない、とも思いつめたのに、現金なもので、もし手術で完治できるのなら、できるだけ後遺症の残らないような術式を選択して欲しい、という考えに変っていった。

それにしても、十一年半前の癌細胞はどうしていたのだろう。そのままゆっくりと育成された結果が今回のように眼に見える形で現れた、ということなのだろうか。それとも、一度は消えてしまっていたということなのだろうか。

いろいろ調べてみると、癌とはいっても多様性があり、中には一時的に消えてしまう癌というものもあるらしい。たとえば神経芽細胞腫と呼ばれる小児癌の一種については、早期発見されて手術を行えば乳児の死亡を防げると考えられ、一九八四年度から、乳児全員を対象に検診が行われてきた。

ところがこの検診の有効性を疑う報告が、特に海外から多く寄せられるようになったらしい。日本でも独自の調査が行なわれた。癌が自然に消える例もあり、乳児には特に負担の大きい手術を行っても、死亡率の低下に効果があるかどうか、疑問であるという結果になったのである。こうしたことを踏まえ、この検診は二〇〇四年に中止されているという。

このあたりに、がん検診の難しさがあるだろう。

私はその日、採血と採尿、さらにCT検査、検査手術などの予約を済ませ、少し心が軽くなって病院を出た。これからうける手術についてさらに予備知識を蓄えるために、図書館に立ち寄り、子宮癌に関する書物を何冊か選んで借りて帰った。

今はどんな優秀な医師であっても、任せっぱなしにはできないというか、してはいけない時代になっていると思う。

それについては十一年前との大きな違いを感じた。あの時は自分の癌の進行度がどれほどなのか、尋ねても納得のいく説明はなかった。ただ

「早期のものですから、手術を受ければ治ります」

と繰り返されたのみ。さらに術式についても「子宮体癌の場合は、広汎子宮全摘出に骨盤内リンパ節廓清と決まっている」との一点張りだった。

それが今回では、説明の後に必ず「質問はありませんか」と尋ねられる。素人の稚拙な質問であっても、医師は忙しい時間を割いて丁寧に答えようとしてくれている。少なくとも不安を取り除こうという努力をしてくれているのがわかるのである。

特に癌のように一人一人に個性がある病である場合、患者も積極的に「治療する側」に加わらなければならないのだと思う。

とはいえ、私はまだまだ怖かった。心のどこかで、手術は避けられないのだろうか、という思いもまだ残っていた。化学療法はもちろん怖い。でも手術だって怖いことに違いないのである。特に今は、どこも痛くも痒くもない。全くの健康人と同じ意識である。それなのに手術を受ければ、しばらくはそのダメージのために、病人と化してしまうだろう。その矛盾！

癌とはこういう病、と頭ではわかっていても、諾々と受け入れるには私はとりあえず健康すぎたのである。

流れにまかす日があり必死に漕ぐ日もありて生《せい》は一艘
ひとりには零と百しかないけれど再発率を全身で聴く

検査入院

四月二十三日、検査入院の日である。婦人科病棟は七階で、私が指示された病室はナースステーションのまん前。手術を間近に控えた患者は、ナースステーションに近い部屋に配されるのだった。術後の状態が安定するに従い、遠方の部屋へと移されていくという仕組らしい。

事務の人に、右手にプラスチックの腕輪のようなものをはめられる。入院中は絶対に外さないように、との警告付きで。バーコードが入っていて、これで私の診療が一括管理されることになるらしい。ちょっと犬の首輪に似ていないこともない。まあ、医療事故を防ぐための便法なんだろうから、仕方ないけれども。

四人部屋の奥、窓際のベッドへと案内される。この病院は海に面して建っている。病室はすべて海側に面しているけれど、この部屋は特に見晴らしが良かった。本入院の時も、こういう見晴らしの良い窓際だといいな、とそのときはぼんやり思った（手術直後は見晴らしどころではない、ということは後になって知ることだったけれど）。

洗面具やら化粧品、下着の替えなど念入りに準備してきたつもりだったけれど、スリッパを持ってくるのを忘れていた。地下の売店に買いに出かけようとすると、エレベーターのところで主治医にばったり出会った。

「岡部さんのがんはごく初期の、恐らくI期のaくらいのステージだと思いますよ。あまり心配要らないでしょう」

と声をかけてもらえた。これはこのときは凄く励みになったのだけれども、逆に後で大いに落胆することにもなった。

ところで、入院するまで、手術の日時を全く聞かされていなかったし、今回のような小規模の手術でも家族の立会いが必要だったことも全く知らされていなかった。

さらに私は二十三日の午後に手術で、二十四日の午前中には退院できるのでは、と勝手に思い込んでいた。ところが手術は二十四日の朝九時から。退院はその日の夕方、と決まっていたらしいのである。こういう大切なことは、早く教えてもらいたかった！

二十四日は夫は仕事で来れない。あらかじめ日時がわかっていれば調整できただろうけれど、彼は普通のサラリーマンではないので、時間があるときはたっぷりあるのだけれど、いざと言うときにすぐに休めるというわけではないのである。

「家族は来れません」

と伝えると、看護師は医師に確認を取るといって出かけた後、

「今回はやむを得ない、とのことです。でも本番の手術の時は、必ずどなたかに付き添ってもらうように」

と言う。それはもう、万難を排しても、来てもらうことになるけれど。

検査の手術は一時間半くらいで終わるということを聞いていたし、簡便なものなのだろうと、私は少々甘く構えていた。今回は本入院のためのお試し入院、みたいなものだろうな、なんて考えていた。

実際この日は、手術前の簡単な検査の他には特にすることもなかったので、病棟内の施設を見て回ったり、地下の売店の商品の揃え具合、各階の自動販売機の位置や商品内容、コインランドリーなどを点検して回ったりした。次の入院は二十日間くらいになると聞いていたから、このあたりの様子を調べておくことは大切だった。

病室のベッドのそばには個々に小さなキャビネットがついていて、上部は物入れ、中段にはテレビ、小さな金庫のついた引き出し、そして一番下に小型の冷蔵庫がセットされている。ほかに洋服をかける薄いロッカーも壁際に配してある。

ベッド周りは、とにかくコンパクトで使いやすいつくりになっている。ちなみにテレビと冷蔵庫は有料で、カードを購入しないと作動しない仕組になっていた。

病棟の消灯時間は九時。あまりの早さに驚き、そんな早い時間に眠れるもんかい、と思ったのだけれど、その夜は軽い睡眠剤を処方されたせいか、まもなく眠ってしまっていた。

朝九時にはお迎えの看護師とともに、歩いて手術室に向かう。検査手術は静脈麻酔を使って行われる、と聞いていた。これは全身麻酔とは異なり、短時間で眼が覚める、というものらしい。医師から詳しい説明はなかったけれど、静脈麻酔には幻覚を見たり、気持ち悪くなったりする人もいるらしいことは、後からネットの情報で知った。このことも当初から説明しておいてほしかったことのひとつではあった。

麻酔薬は腕から点滴で入れられる。さあ、これから始まるのか、と思っている間に、

「はい、岡部さん、無事終わりましたよ」

と主治医に声をかけられた。私はあっという間に眠っていたらしい。目を開けるとまだ手術室の中だった。でも完全に覚醒した、というわけでもない。ベッドに乗せられたまま病室に運ばれてもうつらうつらの状態が続く。その後は頻繁に脈を計られ、血圧と体温を測られる。うとっと寝ては起こされて、体温計を差し込まれるということが繰り返された。

午後一時頃になると、看護師たちはぱたっと来なくなった。ところが、この頃から私の調子がおかしくなったのだった。

まずは喉が痛くてたまらなくなり、さらに声がかすれて出なくなってしまったのである。ちょっと動転してナースコールを押した。すると看護師はすぐに現れたのだが、冷静に、

「喉をうがいすればどうでしょう」

と言う。ふらふらする身体を起こしてもらって、洗面所に行き、二、三度うがいすると、呆れるほど気持ちが良くなってきた。ああ、こんなことで呼び出してしまって恥ずかしい、と思われたほどである。

ところがしばらくするとまた異常に喉が渇いてきた。五百ミリリットル入りの水を買っておいてあったのだが、すぐに飲み干し、それでも足りない。腕には点滴の管が下がっている。それに身体が物凄くだるい。このときばかりは、妹にでも頼み込んで付き添ってもらえばよかった、としみじみ思った。これももともとは、医師からの説明不足に起因していることである。

ちょうど斜め脇のベッドに今日手術した人がいて、家族らしい若い女性が付き添っている。私は意を決してその人に近づき、お金を渡して水を購入してくれるように頼んだのだ

った。若い女性は患者のお姉さんらしい。優しそうな人で、すぐに「いいですよ」と立ち上がってくれて、ほっとしたのだけれど…。

買ってきてもらった水を大量に飲む。するとまもなく気持ちが悪くなり、吐き気が酷くなってしまった。立ち上がるとめまいもする。ようやく点滴を引きずりながらトイレに行き、飲んだ水をほとんど吐き出してしまうことになった。

予定では夕方に退院ということだったけれど、私はこれではとてもひとりでは帰れない、と不安になった。またナースコールを押して

「吐き気がするし、めまいもひどいので、今夜はこのまま病院に泊めてもらえますか」

と尋ねてしまった。看護師は先生に聞いてみましょう。と請合ってくれたのだが。

まもなく戻ってきて、

「麻酔のせいではないか、と仰ってますよ。あと二、三時間もすれば元に戻ってくるのでは、ということですが」

と言う。私はまさか、こんな酷い状態なのに、と信じられなかった。

「もちろん、退院を一日伸ばすのは差し支えないそうです」

というので、ほっとしてさらにうつらうつらとベッドで過ごすうちに…。

果たして、医師の言った通りだった。二時間も寝ている間に、吐き気は薄れ頭痛やめまいも感じなくなり、みるみる状態が良くなってしまったのだった。そうなると現金なもので、病室でまた一晩過ごすなんて、とても耐えられない、と思ってしまったのである。

夕方五時を少し回った頃、私はそそくさと身支度をして、退院の手続きをしてもらうことにした。そしてちょっと贅沢ではあったのだけれど、病院前からタクシーに乗り込み、途中は高速を飛ばしてもらって帰ったのだった。タクシー代は一万円近かった！

たった半日程度の経験だったけれど、このときの気持ち悪さ（喉の痛み、めまいや吐き気）は強く心に残った。腹部の違和感も二、三日続き、排便や排尿の時には痛みもあった。総じて私には辛い検査だったといえる。

検査や治療が辛いと、患者はこれだけ頑張ったんだから何かご褒美があっても良いのではないか、とつい考えてしまう。つまり症状があまり重くなかったことがわかったとか、これで一部の検査が省略できるとか。自己貯血の量を最初は千二百ｃｃと見込んでいたが、八百ｃｃでよいことになりました…とか。

虫のいい話ではあると思う。まあ、検査したからといって、いつも良い結果に結びつくというわけではないのはもちろんである。それどころか、検査の結果悪い状態であることがわかる、ということだって往々にしてある。

私の場合はどうだったのだろう。

検査手術の結果

自己貯血のための採血の第一回目は、四月三十日だった。その日に検査手術の結果を知らせてもらえることになっていた。採血はいつも行っている採血室ではなく、婦人科の診療室のベッドに寝かされて、主治医がじきじきに行う。一度の採血量は四百ｃｃである。

採血している間に、

「ああ、この間の検査結果、まだ来ていなかったな」

などと言って、主治医は病理の担当者のところに電話をかけている。

「今出ました、だって。まるで蕎麦屋の出前だな」

そのカジュアルな口調に「ちょっと、こんなものなの？」と戸惑ってしまう（もちろん口に出しては言えない）。さらに医師は届いた二枚ほどの書類にその場で眼を通し、

「ふ〜む」

と、少し考え込んでいたが、ベッドに横たわって採血されている私を見下ろしながら、

「病理の判断だと、がんが子宮頸部に及んでいるということです。少しだけらしいけれど。でもね、体部のほうから、組織をこすり出すように引っ張り出して検査しているので、癌細胞が頸部に散ってしまったということも考えられるんだよね」

などと言う。そして、報告はそれで終わりだった。たったそれだけのための検査だったのだろうか。私はかなり落胆した。同時に次のようなことも思った。

主治医の先生と病理担当の医師の間に、病状を把握する上での乖離があるような気がする。病理担当者は患者と面識がないし、直接の交渉はない。そうした点で、かなり厳しく（ある意味では大げさに）病状を判断する傾向があるのではないだろうか。甘い判断をしては、後で責任を追及されることになりかねない。さらにやや重く見ておいた方が、治療後の再発率を抑えることができる、と考える傾向にあるような気がする。

一方、主治医の方は一人一人の患者と向かい合わなければならない。患者の病気の完治

を最大の目標としながらも、その後の生活に対しても見通しを立て、治療とその後のより快適な生活とのバランスを図っていかなければならない。病理の医師の意見はもちろん大切だけれど、患者の意向も尊重しなければならない。一種、板ばさみの位置にあるとも言えるのではないだろうか。

貯血のための採血

検査手術の後には、私は一週間おきに三度自己貯血のための採血に通い、結果的に千二百ｃｃもの血液を取られることになった。一般に体重五十キロの人間は、三千八百ｃｃの血液が体内に流れているのだという。私は四十六キロ弱なので、およそ三千四百ｃｃとなる。ということは、私はわずか三週間の間に体内の血液の三分の一以上を抜き取られることになるのだった。

想像すると恐ろしかった。私は普段でもやや貧血気味のことがあるのである。病院からは貧血防止のために、あらかじめ大量の鉄剤を処方されていた。

でも私はできるだけ薬は飲まずに済ませるように全力を尽した。これまでも検査手術で麻酔を打たれているし、手術後は抗生物質の処方も受けた。ＭＲＩやＣＴスキャンなどの検査では、そのたびに造影剤を打たれている。今後の薬はできるだけ少ない方が体の負担も少なくて済むのではないか、と考えたのである。

夫もそれに賛成してくれて、私の鉄分補給作戦に全面的に協力してくれた。鉄分が豊富な食材について調べ上げて、近くのスーパーに見つからない場合は遠くまでの買出しに付き合ってくれた。

たとえば毎朝飲んでいるジュースはオレンジや林檎ジュースではなく、プルーンジュースに替えた。パンを食べる時は、バターのかわりにチキンレバーのペーストを塗る。海草や貝類を多くとり、夕食のおかずにもレバーを使ったものを、積極的にメニューに入れるようにした。小腹が空いた時は黒砂糖を舐めたりした。

結局処方された鉄剤の服用は、ほんの二、三度で済ませてしまった。

二度目の採血の前に血液の状態を見るための検査（これもまた、少しだが採血される）があり、血液の状態は悪くない、という結果が出た。鉄分の豊富な食品を多く摂っていた結果だっただろう。

それでもその二度目の採血のあと、電車の中で貧血を起こしてしまった。すでに帰宅ラッシュの混雑が始まっていた時間だったが、床にうずくまってなんとか耐える、ということになってしまった。

やはり千二百ｃｃの自己貯血というのはかなり過酷だと思う。肝炎の問題もあり、他人からの輸血を避け、万一の大量出血に備えるための「石橋を叩いて渡る」式の、用心には用心を重ねてのことだったとは思うけれど。

最終的な手術内容の説明のために夫とともに呼ばれて行った五月九日、その日は二度目の採血と三度目の採血の間の日だったが、彼が、

「自己貯血の量は八百ｃｃで十分なのではないか。三度の採血は本人にかなりの負担なので、できれば止めさせたい」

と申し出てくれたのだけれど。

主治医は
「大丈夫、貧血の状態にはないし、問題ないですよ」

とすぐさま却下。三度目の採血は、検査も無しに行われてしまった。なんだか、遮二無二

血を奪われた、という感じがした。患者とは、本当に無力な存在である。

春愁は菜の花畑に潜みゐてをりをり動く蝶のかたちに
したたかに命つながむ春なれば花茎ほそく佇つチドメグサ

第四章　入院と手術

二〇〇九年五月

術式について

　五月九日、この日は午前中に骨盤内のCTスキャンを撮る日。それに先立って主治医が最終的な手術の範囲、方法を決定し説明してくれることになっていた。予定の朝九時、夫とともに外来の待合室で待っていると、主治医がやってきて
「CTスキャンの結果も見て、その上で術式を説明するという方が良いですね」
と言う。
　それで最初にCTスキャン撮影の方に回ることにする。この病院は検査待ちの時間がとても少なくて済むところがいい。いつも待っているのは一人か二人、そして早めに行けば

順番を飛ばしてでも先にやってもらえるところもいい。

でも、説明は少なすぎるかな、という気がする。たとえばＣＴスキャンの時は造影剤を打たれる場合があり、私も実際に打たれている。打たれた造影剤は速やかに体内から排出する方がよく、そのために撮影後は水分を多く摂る必要があるらしい。

でもこのことについて、この病院では一切説明はなかった。さほど大切なことではないということか、あるいは常識だからわざわざ説明しなくてもいいでしょう、というところなのだろうか。私はたまたま、ＣＴ検査を受けた人のブログを読んでいたので知っていたのだけれども。

撮影を終えて、婦人科外来の待合室で待つこと一時間四十分。病院というところは普通待たされるところなのであるが、このことにいつまでも慣れることが出来ない。

患者はこれから言い渡されるだろう医師の言葉をあれこれと詮索し、想像しながら病院にやってくるものである。質問の準備もし、心の中でシミュレートを繰り返したりもする。だが、こう長く待たされると、疲れてくるしおなかも空いてくる。

しまいにゃ、もうどうでもいい。とにかく早くしてくれ。病状だとか手術の説明なんか、とにかく早く聞いてしまって、気持ちが楽になりたい、と思うようになる。すっかりガス抜きされる感じである。そうやって、待ちくたびれた頃に、ようやく呼び出しがあるのだ。待ち疲れた心をようようリセットしながら、診察室へ向かう。

はてさて、私はどれだけ切られるのだろうか。Ⅰa期の癌とあれば、そう大きく切り取る必要もないのではないだろうか。私は、特にリンパ節の廓清だけはなんとしても避けたい、おそらくは避けられるのではないか、という期待を持っていた。子宮や卵巣などが全摘出されるのはもう、仕方がない。無くなるのは確かに精神的ショックが大きいけれど、それがなくても今後の生活に物理的な障害はほとんどないのだから。

だが、リンパ節の有無はその後の生活の質に大きく関係してくる。リンパ節を廓清されるとなると、周辺の臓器の神経が傷つけられてしまうことも多い、と耳にしていた。排尿や排便の障害が起こって、長く苦しむ人が少なくないことも知っている。

さらにリンパ液の循環が滞り、下肢にリンパ浮腫を発症することもあるのだという。リンパ節だけは切らないで欲しい。これは私の切実な願いだったのである。

主治医の説明はとても丁寧だった。私の癌の顔つきが良い（悪性度が低い）こと、癌の広がりも子宮の筋肉にまで及んではいないように判断されること。ただし、子宮頸部にまで及んでいるかどうかは微妙であること。

そのため、単純子宮摘出は無理な段階にある。もう少し大きく周辺を切り取る拡大子宮摘出、という方式も考えられる。ただしこの場合は、子宮のすぐそばにある尿管の位置を確認できにくく、傷つけてしまう恐れがある。そうなると一大事なので、結果的に準広汎子宮摘出という術式を選ぶことにする、ということだった。

患者の立場から言うと、術創はできるだけ小さい方がいい。小さく切って目立たない形で傷口をふさいでくれる医師が腕の良い医師である、と考えがちである。でもこれはある意味危険な考えであるということを、私は聞いたことがあった。たとえば盲腸炎の手術の場合などでも、ある程度の大きさに開いて、臓器をきちんと確認しながらの手術の方が、結果的に間違いが少ないのであるというようなことを。

それで、準広汎子宮摘出ということには一応、納得できたのだ。

リンパ節を取るか、取らないか、取るとしたらどのくらいまでか。これが一番の関心事だったのだが、ここでは医師は明言を避けたのである。

「リンパ節を廓清するとなると、やはり出血が多く、術後の経過にも大きく影響します。特に大動脈のリンパ節を取るとなると、大変な出血量になります。

これについては術中の迅速検査によって判断する、ということにしました。もしⅠ期のaに過ぎなければ、単純に子宮とその付属器官を取るだけ。出血もほんの少しで済みます。こちらとしてもこれは願ったり叶ったりなんですよ…」

結局、手術中の迅速判断にゆだねられる、ということになり…。私はこの時点でもまだ、リンパ節廓清は免れるかも知れない、という甘い期待を抱くことになったのだった。

続いて具体的な段取りの説明に入る。ここで予期していなかった施術が一つ加わることになった。手術前に泌尿器科の医師の手によって、腎臓と膀胱を繋いでいる尿管にWJステントと呼ばれる器具を入れるというのである。

ステントは普通、狭くなった器官を広げるためなどに使われることが多いらしい。私の場合は、ステントを入れておくことで尿管の位置がはっきりとわかり、手術の時に傷つけないで済むからだそうである。

挿入すると血尿が少しある、という説明だったが、その程度で尿管を傷つけなくて済むのなら、とあっさり承知する（これは後々に、かなり苦しむ結果になったのだが）。

さらに手術後の後遺症などについて説明があり、ちょっと落ち込んだ。つまり開腹手術をするとどうしても腸管が癒着しやすくなり、近い将来、あるいはずっとずっと先のいつか、腸閉塞を起こすことがあるかもしれない、ということ。リンパ節を廓清した場合の、排尿障害、排便障害、リンパ浮腫についても説明される。これは私も関心をもっていたことだったので、すでに調べ上げていたところ。でも、リンパ節さえ切られなければいいんだ、とこの期に及んでまで期待していた私は馬鹿だったといっていいだろう。

何のためにＷＪステントなどという器具まで身体に入れるのか。何のために三度も採血に通わされて、千二百ｃｃもの血を採るということが決められたのか。ちょっと考えてみればわかることだった。

この術式の説明の日から、入院の日までさらに十六日もあった。子宮体癌らしいと診断されてからすでに一か月。手術までには一か月半以上、時間が経つことになる。こんなに放っておいても大丈夫なのか、とも思えるのだが。

婦人科の癌というのは、一般にとても進行がのろいらしい。今回手術しなくても、あと十年くらいはのんびりと生きられるのではないだろうか、という気までしてくる。

開腹手術によって全身に大きなダメージを受け、術後の苦しい時間に耐えなければならず、さらには排尿障害や排便障害やリンパ浮腫やらに襲われるかもしれない。たとえ運良く後遺症を免れたとしても、もう術前の身体ではなくなっているだろう。

あれこれと気遣いながら生きるよりも、病気なんかこれっぽちも知らないままに、健康と信じて生きている方が幸せだったかもしれない、という気もしてくるのである。実際私は一度子宮体癌と宣告されながら、もう十一年も、何の症状もなく生き延びてきたではないか。

八十歳を過ぎていたら、手術はしなかったろう。七十歳だったら「しなくてもいいかも」と判断に迷ったかもしれない。でも、今の私は五十七歳八か月である。この年で癌とわかってしまったらもう、手術しないわけにはいかない。

自分の身体に癌が巣食っている、とわかって、大きさはもうこのくらいになったかな、あるいは腸にまで浸潤したかな、骨に転移したかもしれない、もう肺あたりまで来たかもしれない、などと想像しながら生きていける自信は、まったくないからである。

花芙蓉　否、花不要と聴こえくる五十代の末なりさびし
飛ぶちから失せたる虫はうつとりと二輪車を漕ぐしぐさにゐたり

入院までの日々

主治医からの説明を聞いた後、私たちは病院にほど近いショッピングセンターにある西洋料理店に入って、やや遅い昼食を摂った。その間にも、主治医の説明の中の幾つかの「起こりうる後遺症」が頭に浮かんで、気が重くなる。

「まあ、十一年前に手術しないでおいて、良かったよ。せめて、そう考えないと。人生はバランスなんだから。この期においてもまだ、早期癌だったんだから、不幸中の幸いだといえるし」

夫がいろいろと慰めの言葉を考えてくれる。

手術までの行程を思うと、まるで外堀が埋められていく過程のようにも思えてくる。採血やら採尿、MRIやらCTやらの検査を受け、何度も自己貯血のための採血に通い、そうやって、少しずつ段階を踏まされていくうちに、逃げ出せなくなってしまう。心細くて不安で仕方がないのに、たった一人で耐えるしかないのだ。

主治医から詳細な説明を受けてから入院まで十八日間、病院に出かけたのは、自己貯血のための三度目の採血があった五月十四日のみ。

中途半端な気分のまま、放り出されているような感じがする頼りない日々だった。とにかく何かやっていないと気持ちがふさぐばかりなので、私はボストンバッグに入院に必要な身の回りのものを詰め始めた。下着や洗面具、化粧品、ティッシュペーパー、シャンプーや石鹼などなど。ほとんど旅行支度と同じである。ただ、一日中パジャマを着ていることになるので、普段着や外出着、替えの靴は必要ないことだけが異なるのみ。

旅行の時よりも気を使ったのは、肌の手入れ用の化粧品だった。病気で寝ている、というだけで陰気になりがちだし、それでなくても治療などで肌が荒れたりするだろう。いかにも病人です、みたいにやつれて、汚らしく見えるのは御免である。

それを避けるために、入院中はできるだけ身綺麗にしておかなくちゃ、という気持ちが強かった。マッサージクリーム、パック用のクリーム、保湿用のクリームなどを念入りに選び、窓際のベッドだと日焼けもしそうなので、日焼け止めの入った昼用乳液まで用意した。これだけでバッグがずしりと重たくなるほど詰め込んだのである。

汗をかいたときに、手軽に身体を拭けるパック入りの使い捨てタオルも買い込んだ。手術後しばらくはシャワーも浴びられない日が続くだろう。体が匂うようになったらイヤだな、と思ったからだった。口臭止めのスプレーも必需品だ。

普段はオシャレよりも着心地や動き易さを優先させる私が、こと入院に当たっては清潔感や見た目の方に重点を置こうとしたことには、ある作家の本を読んでいたことが大きく影響している。

私は当時、癌の体験記はできる限り目を通していたのだが、そのなかに超有名作家にして同世代の中島梓のものも入っていた。

『グイン・サーガ』などのシリーズの栗本薫という名前で憶えている人も多いだろう。中島梓の名前で評論やエッセイも書いている。彼女は私と年齢は二歳違い。二十代の頃から、その活躍に注目してきた。

折しも、二〇〇七年十一月に胆管癌（後に膵臓癌だったことがわかる）と診断され、その後の数か月にわたる闘病記を『ガン病棟のピーターラビット』（ポプラ社）と題して刊行していた。この本のなかに「きれいなざりがに」という章がある。

彼女は息子が飼っていたザリガニを見ていた経験から、ザリガニとは綺麗好きな動物であること、普段せっせと自分の身の回りを整えていて、生活環境が清潔なうちは健康であること。それが何かの拍子に手入れを怠るようになると、たちまち身体の動きが鈍り、やがては死んでしまうのだということを書いている。

そのことから、中島自身が「病の床にあっても、身ぎれいにしておかなければならない」という教訓を得た、という。私はこの箇所を読んで深く共感し、入院の準備にも気合が入ったのである。

奇しくも彼女の訃報を耳にしたのは、私が入院すると間もなくのことだった。大好きな少女小説家だった氷室冴子、ロシア語の同時通訳にして名エッセイストだった米原万里につづき、個性的な同世代がまた一人、癌に斃れたことに愕然とする思いだった。

足早に我を抜き去るひとつ影あかつき若きの訃報を聞けり
「まだ」と「もう」の間に揺れつつ逝きたらむ死後とはいまだ気づかぬ貌に
ベッドより垂るる人の手をりをりに呪詛吐くごとき動きを見せぬ
ぽくぽくと木魚のどかに空をゆく亡き人とふはただに無きひと

入院

五月二十七日、午前十時病院に到着。この日は「ああ、やっと来た」という気持ちと「とうとうこの日になってしまった」という気持ちが微妙に交錯した。早く病巣を切り取ってもらってすっきりしたい、という気持ちがある一方で、「リンパ節は切られたくない」、とかさらに「手術しないで済む、なんて方法はないのだろうか」という未練がましい気持ちが少なからず残っていたからである。

先回と同じ上階の病棟へと案内され、腕にバーコード付のベルトをはめられ、病院指定のパジャマを着せられて、すっかり「患者A」となる。こういう格好になってしまうと、世間から完璧に切り離され、病院の付属物に成り下がる。この期に及んでも私は観念しきれていなかったし、手術への不安は広がるばかりだった。

それが決定的になったのが、ナースステーションで看護師に渡された「手術内容の同意書」のなかの一行を読んだ時だった。

内容には準広汎子宮全摘出および両側付属器の摘出と並んで、「リンパ節の廓清（術中の迅速判断による廓清範囲の決定）」とあったからである。

「これだと必ずリンパ節を廓清する、という意味のように取れますね」

と確認するとその年配の看護師は「当たり前」と言わんばかりにうなずきながら
「がんの場合は胃癌だろうと大腸癌だろうと、リンパ節は取ります」

と、きっぱりと言うではないか。私はそれでは主治医の話とは違う、と抵抗した。全く、虚しい抵抗ともいえただろうけれども。それだけ私はリンパ節を残して欲しいのだ、という意志表示のつもりだった。看護師は
「ではこの用紙のサインはひとまず置いておいて、先生ともう一度話し合ってください」

とあっさり引き下がってくれた。

主治医にこの「ちょっとした悶着」について伝わったのは、夜になってかららしい。八時も回った頃、主治医は少し険しい表情を浮かべて私のベッドにやってきた。

「この文章の、どこに不満があるの？」

と詰問調である。

「先生はⅠａ期なら、リンパ節は切らないで済む、と言ったじゃないですか。これにはリンパ節廓清の範囲を決定する、と書いてあって、まるで最初から切る、と決めてあるみた

いじゃないですか」

ああ、ただの「駄々っ子」な物言いになっているな、と内心自己嫌悪しながらも、やはりここで一言いっておかないと気がすまない、という心境なのである。主治医は

「範囲、というのは切らないことも含めての範囲なんですよ」

言い逃れではないか、と疑いたくなるような口調である。私が黙り込むと

「こちらとしては、もう少し進んだステージにある、という見方が捨てきれません。今の時点で、楽観的なことはいえないのですよ。ああ、私はどう抵抗しても手術を遅らせる気ですか」

などと、言い出されてしまう。ああ、私はどう抵抗してもリンパ節を切られるのだろう、と絶望的な気分になった。やけっぱち、といった風に引き出しからペンを取り出して、サインして渡してしまう。ちょっと大げさな言い方になるけれど、これまで繰り返してきた私のささやかな抵抗も、最後の引導を渡された、と思われた瞬間だった。

その晩は、ひどく自分の存在が虚しく感じられて、なかなか寝付けなかった。

病室は高層階なりきゆるきゆると空の真下の風が聴こえる

こんなにも高いところに寝かされて明日は召さるる我にあらずや

終電車ののちの線路を月かげが往けりか細き速度となつて

ステントの挿入

入院第二日目の一番の関門はWJステントの挿入だった。「関門」というのは事後的にそう思ったことで、当初私はさほど大変な処置ではないだろうとタカを括っていたフシがある。というのも、泌尿器科の担当医師の説明は簡便だったし「血尿がでることがあるが、まもなく止まる」「男性は尿道が長く痛みが強いので麻酔を使うが、女性はほとんど痛みがない」ということだったからである。

予定は午後二時半からだった。看護師が車椅子を押して迎えに現れたのに、ちょっと驚く。私は元気で両足を使って歩けるのに、二階の処置室まで、車椅子に乗せられるのは、大げさな感じがする。ちょっと恥ずかしい。だが、それは必要なことだった、と後で気づかされることになった。

ＷＪステントとは、その名の通り、両方の尖端がＪの形に丸くなっているステントで、この湾曲した部分が上部は腎臓、下部は膀胱へひっかかるような形で収まるのだという。挿入処置が始まった途端、私は痛みで悲鳴を上げることになったのである。女性の中にはほとんど痛みを感じることなく終わる人もいるということなので、泌尿器科の先生は何度も
「あれ、痛い？　おかしいなあ、どのあたりが痛いの？」

などと、不思議そうに（おっとりと）聞くのである。私は答えるのも辛く、全身冷や汗をかいているというのに。

処置は二十分ほどで終わった。泌尿器科の先生は
「さほど時間も掛からなかったじゃないですか」

と言ったけれど、私はもう、痛みで瞼の裏が真っ赤になっている感じがしたくらいで、声も出なかった。

処置台から立ち上がろうとしても、体全体がふらつく。それに処置の間中下半身に水をかけていたようだったのだが、これを拭くための十分なタオルも渡されず、さらに下着の

シャツまで濡れてしまっていた。

看護師の手を借りて処置台を降りるときは、下腹部の痛みとステントが入っていることによる違和感と、下着がぐっしょり濡れてしまった気持ち悪さとが相乗的なダメージになって、私はがくがくと震えていた。

これではうまく歩くこともできなかっただろう。車椅子に乗せてもらえてやはり良かったのだった。ついでなら、こういう状況になると知らせてくれれば、下着の替えも持ってきたのに、と恨みがましい気持ちになった。こんな濡れた下着を貼りつけたままたとえ病院内、それも短時間といえ移動するのは嫌なことだった。

ステントを挿入されたとたん、体調はにわかに最悪になった。排尿の時は酷く痛むし、尿が真っ赤になるほどの出血もある。全身がだるくなり、ベッドに横たわっているしかない。それでも寝返りをうったりすると、引きつれたように下腹部が痛む。

夜には三十八度を超える熱も出てきて眠れなくなり、痛み止めと軽い睡眠剤を処方してもらうことになってしまった。翌日も痛みと違和感と排尿時の出血が続き、手術前というのに私はほとんど疲労困憊してしまっていた。

これまで、子宮体癌の手術をした人たちのブログを沢山読んでいたけれど、尿管にステントを挿入された人なんて、聞いたことがない。これが排尿障害を防ぐための有力な布石なら我慢するしかないのだが…。

主治医は

「大丈夫、すぐに体が慣れてきますよ。今は異物が入ったので、体が反応しているというだけです。このステントは三か月とか、半年とかの長期間身体につけている人も多いんです。それだけ、体が慣れ易い器具だということです」

などと、やはりおっとりとのたまう。手術が終わったら、一刻も早く取り除いて欲しいもんだけれど。

「まあ、術後の状態が落ち着いてからのことになりますね」

主治医の口調はあくまで冷静なのだった。

手術前日の夕方近くになって、看護師の助手をしているらしい人が来て

「手術後に必要な腹帯を準備していますか」

などと尋ねてきた。手術に必要な小物が書いてある用紙は渡されていたけれど、そこに腹帯とは載っていなかった。私は気にはなっていたのだが、必要ではないのかと思って用意

しなかった。その旨について話すと、

「絶対に必要なので、売店においてありますから購入してきてください」

と言われる。まったくこの病院は、かなり不親切で細かな配慮に欠けたところがあるとは思っていたけれど…。ステントが入っていて動きがぎこちなくなる身体をエレベーターへと運んでいく。

入院と手術の間の日であるこの日は、夫が来ない日でもあった。ひとりで身の回りの整理を済ませる。手術直後はベッドからからだを起こすことも辛くなるだろう。手を伸ばせば届く位置に、とりあえず必要になると思われるものを集めておく。吸いのみやストロー、コップ、ティッシュペーパーやパック入りのウエットタオルなどなど。

そんなこんなで術前の最後の夜が更けていく。

この病院のお風呂は、広くてきれいで気持ちがいいということをあらかじめ耳にしていた。検査入院の時はシャワーじゃなきゃダメといわれていたけれど、今夜はお風呂を使わせてもらえるのでは、と期待していたのだったが。看護師が
「明日の手術に備えて、シャワーを使っておいてください」

と言ってきた。またしてもお風呂はダメなのだそうである。ステントを挿入したせいじゃ

ないだろうか、と恨めしくなる。

　ところで今回の私のベッドは窓際ではなく、入り口のすぐそば。ナースステーションから距離的に一番近いベッドである。手術後、二十四時間を通じて行われる看護のために配慮されたこと、とは後で知った。

手術

　高層にある病室では、雨の音は聞こえない。でも窓ガラスに絶えず雨粒が吹き付けているのが見えて、外は相当強い雨が降っているのだろうと想像できた。今日は五月二十九日。私は五時少し前には、目が覚めていた。夜中に何度も目が覚めて、少し考えてはうつらうつらするような一晩だった。とうとう手術の日をむかえてしまった。不安が波のように押し寄せてくる。

「ここを出よ、早く逃げよ」といつせいに病室の窓を叩く雨音
地上より来るエレベータ無人にてたつぷりと吐く雨の匂ひを

午前八時二十分、夫が病室にやってきた。ズボンのすそがぐっしょりと濡れているのが目に入る。こんなひどい雨のなか朝早くに来てもらったんだ、と思うとすごく申し訳ない気持ちがした。食事の支度や洗濯など、身の回りのことをこなしながら、仕事にも出かけている。不便な暮らしを押し付けているだけでも申し訳ないことなのに…。

並んでベッドに腰掛けながら、

「手術、どのくらい掛かるのかな」

「四、五時間掛かるって言ってたよ」

「長いね」

ぽつりぽつり、とお喋りしていると、閉じていたカーテンの向こうから明るい声がした。

「お早うございます、今回、担当させていただく、Tです。よろしく」

現れたのは、若くてほっそりとした体つきの看護師だった。笑顔が自然で愛らしい。この病院の看護師は若くて綺麗な人が多いのだけれど。Tさんは特に若い。後で聞いたとこ

ろによると二十二歳だった。いつもてきぱきとしていて明るく、気持ちよい人だった。術後の一番辛かった期間に、こういう看護師にお世話いただけたことは本当に幸運だった。

とはいえ、このことも術後しばらくしてから実感できたことである。このときの私は術前の緊張で、満足に言葉を交わすこともできなかったのである。後日、

「ずいぶん緊張されている様子だったことが印象にあります」

と言われたくらいである。

病棟で着せられているおそろいのパジャマを脱がされ、膝丈までしかない術着に着替えさせられると、足元がスースーすると同時に、いよいよ心もとない気持ちになる。九時を五分ほど過ぎた頃に、迎えの看護師がやってきた。検査手術の時のように、歩いて手術室へ向かう。前回と異なるのは、そばに夫がついていてくれたこと。

手術室前で、

「ご主人はここまでです」

と言われ、夫は急ブレーキをかけられたように立ち止まった。私の背後から
「じゃあ、いってらっしゃい」

と、声をかけてくれる。いつものように、大きな明瞭な声だった。

手術室に入るときもう一度振り返ると、心配そうにこちらを見つめたまま立っている。ここで気丈に
「大丈夫、心配しないで。いってきま〜す!」
とか言える私だと良かったんだけれど。まあ、こういう陰気なキャラでありますから。泣かないように、微笑んで見えるように、という表情を作るのが精一杯だった。

手術室前にひとたび振り返る遠い明りのやうにあなたを

手術室と表示されて入ったところは、実は手術室への待合室のような大きな部屋だった。キャスター付の寝台に寝かされたまま運ばれてきた人も二人、部屋の隅で待機させられている。部屋の中にはびっくりするほど沢山の看護師や検査師らしき人が詰めている。

その中の二人が近づいてきて、まず私の名前を確認してから、身の回りの世話をしてくれた。私が履いていた私物のサンダルは脱がせられ、手術室用のスリッパに履き替えさせられる。さらに、頭にシャワーキャップのようなビニール製の帽子をかぶせられた。

そして左右に手術室のある廊下を通り、一つの手術室へと案内された。

中はひんやりとしていて、大きな冷凍室のなかに入ったかのような錯覚に襲われる。載せられた手術台も固く冷たかった。その上で、海老のように身体を丸めさせられて、背骨の近くに麻酔用の細い管を入れられた。硬膜外麻酔と呼ばれるもので、この管を挿入されるときはかなり痛い、と聞いていた。それで緊張したのだけれど…。ところが、すーっと何か冷ややかなものを背中に感じたくらいで「あれ、こんなものなのかな」と思っているうちに意識を失ってしまったのだった。

麻酔薬背《せな》に打たれて海峡にしづみゆく船の眠りを眠る

次に気がついたのは、耳元で

「ただいま、午後二時…」

と時計を読み上げている男の人の声が聞こえたときである。ああ、手術はやっぱり五時間も掛かったのか、と思っていると

「岡部さん、気がついた? 手術、無事終わったよ。リンパもしっかり取りましたよ〜」

という、普段よりもはるかに弾んだ、主治医の声が足元から聞こえた。

「ああ、リンパ節、やっぱり取られたんだ」と思うと、深い落胆に襲われた。目が覚めた途端にこんなことをいうなんて、なんて意地悪な医者なんだろう、とちょっと腹が立った。最初の皮膚感覚は唇から戻ってきた。下唇の右半分くらいが、びりびりと痛い。乾ききって、外側にめくれているような感じ。喉もからからで何度も咳きこみそうになるんだけれど、そうすると腹部が飛び上がるほどに痛む。じっとしていても、腹部の痛みは大きく、重たい焼き鏝をおなか一杯に押し付けられているような感じである。

ストレッチャーに移され、手術室から病棟へと運ばれているらしいということはわかったけれど、意識はまだ朦朧としている。その間じゅう「唇を水で湿らせて」「喉が痛いので、水を含ませて」と叫んでいたような気がする。

「今は水はだめです」

と言われ、私の願いはずっと無視されたままだった。

炎熱の砂漠さまよふ術後にてひび割れてゐる我の口唇

病室に戻ると、ベッドの足元の方から夫が近づこうとしているのが、ぼんやりと見えた。

二人の看護師が
「もう少し、処置がありますから」

と、彼を締め出している。そして私の両側から腹部の辺りについていた何かの管を身体に止め付ける作業をしているようだった。手術室付の看護師が、病棟の看護師へ処置方法を指示しているらしかった。

　気がつくと左腕には点滴の管、鼻には酸素吸入の管、背中からは麻酔の管、さらに導尿の管。今二人の看護師が私の腹部の両側に留めつけようとしてくれているのは、リンパ液を排除するためのドレインの管だろう。

　そして血栓防止のため、両足には間歇的に圧力の加わる器具が巻かれている。術後はみんな「管人間」になるということは、いろいろな人たちの体験記で知っていたけれど、こんなに身動きひとつできない、哀れな状態に貶められるとは…。

　看護師が処置を終えてその場を立ち去ると、入れ替わりに夫がベッドのそばにやってきた。もう五時間以上も待たされていたことになる。待つことが大嫌いな彼の性格を十分知っているので、さらに申し訳ない気持ちがする。

　彼の声は、だけど少しばかり明るかった。

「手術の時間、三時間ほどで済んだんだよ。最初は五時間って聞いていたから、下の売店で何か買って食べようか、考えていたところだったんだ。でも十二時少し過ぎたところで、終わりましたって、主治医の先生が手術室から出てきたんだ」

その後、別室で手術の内容について聞かされたそうである。私は予定通り準広汎子宮摘出手術を受け、さらに骨盤内のリンパ節廓清を受けた。大動脈までのリンパ節廓清には及ばなかったらしい。出血量は四百ｃｃと比較的少なかったという。

「良かったね、短時間で済んで。もっと長くなる覚悟していたから」

彼の声が明るいのは、この手術時間のせいだった。私が目覚めたのは午後二時だったけれど、あれは麻酔が切れた時間であって、手術はもっと前に終わっていたことになる。

「とにかく、ゆっくり休んで。明日も、来るからね」

と言って、そそくさと帰っていった。今朝早くから何も口にしていなかっただろう。おなか空いてるだろうなあ、と私はそんなことを思ったのだったが…。彼の後日の話だと、体中に管を巻かれた私はあまりにも哀れな状態で、正視に耐えなかったのだそうである。

当時は、とにかく唇が乾いて喉が痛くて、それが辛くて仕方がなかった。看護師を摑まえては「水を」と叫び続け、ようやく夕方頃になってから、水を含んだ冷たいガーゼで唇を拭いてもらうことができた。

背中の管は手術の時の硬膜外麻酔のために差し込まれたもので、術創が痛み出した場合のために外されないままだった。手元のボタンを押すと麻酔剤が流し込まれる仕組になっている。随時使ってよいといわれていたが、私はほとんどこのボタンを用いることはなかった。特に痛い、と感じるような場合が少なかったことと、やはり身体に薬を入れるのは最小限にしておきたいという気持ちが強かったからである。

背中の管は二日後にははずされ、痛み止めの飲み薬が渡されたけれど、こちらもほとんど服用することはなかった。

手術が済んだ夜はかなり苦しかった記憶があるのだが、それは喉の渇きと唇の痛みとが一番の理由だったような気がする。体中の管のために身動きできないのも辛かった。二、三時間おきに看護師がやってきて、脈を測ったり検温したりドレインの様子などを見に来るので、眠りは当然ながら浅くなる。私の身体なのに、この日ばかりは完全に私のものではなかった。

天井が胸近くまで降りてくる息苦しさに幾たびも覚む

病棟は夜の海　ゆらゆら全身に管を纏ひて私は泳ぐ
手術後の熱に潤める目に映り　この世の出口、非常口灯
「眠っているだけよ」叫ばうとして声は出ず真白き花を撒かれてをりぬ

術後一日

翌朝、眼が覚めた瞬間のことは、よく覚えている。周囲が明るくて「ああ、朝だ」と気づいた途端「あれ、体が結構、軽い。あんまり辛くないじゃないか」と意外に思ったことが脳裏にあるのである。

手術を受けた人たちの経験談を読む限り「手術の翌日が、とにかく一番辛かった」という意見が圧倒的に多かった。体じゅうが信じられないほど痛んだとか。辛くて身動きひとつできなかったとか。ベッドの硬さが身にこたえたとか。

でも私の場合は、恐れていたようなことは何もなく、すーっと、浮かび上がるように眼

が覚めたのだった。もちろん、体じゅうに取り付けられた管のせいで、あちこちが気持ち悪いし、寝返りも良く打てず、手術を受けたおなかは、数十キロの重りを載せられているような、絶えずど〜んとよどんだような重たい痛みはあったけれども。

「これは、意外に早く回復するのではないか」

という嬉しい予感がしたのである。それでも、看護師や婦人科の医師たちの話を後で耳にしたところでは、手術後まもなくの私は、見るからに哀れな状態だったらしい。私は手術から三日後には廊下を歩き始めるのだが、そのときにいろいろな人から
「随分早く良くなったんですね」

と驚きの声をかけてもらえたからである。私にはそういう感覚はなかったのだけれども。

朝一番に冷たい水を運んできてもらって、口を漱いでもらったときは感激した。すーっと口腔にしみる水が素晴らしく気持ちよくて。さらに熱いタオルで体を拭いてもらう。

唇のひび割れは手術直後に増してひどい状態になり、使い古して丸めたセロテープが下唇に張り付いているような感じである。触ってみると、乾いた表皮が盛り上がって一箇所に固まりごわごわになっている。

眼の方も手術直後から乾いて仕方がなかったのだが、やがて目やにが出て、眼が開けら

れないほどひどくなり、点眼用の薬を処方してもらった。

手術の日の朝から担当してくれている看護師のTさんが、こまごまと身の回りを世話してくれたのだが、手術翌日の午前中というにもかかわらず
「一度、身体を起こして、ほんの少しでいいから歩いてみましょう」

と言い出した。どんなに体が痛くても、痛み止めを打ってでも身体を動かすべきであるということは聞いていたけれど、まさか昨日の今日、それも午前中に歩行訓練が始まるとは…。

驚いていると、Tさんは体の管を点滴のスタンドに次々に括りつけ始めた。リンパ液のドレインを受け止める袋は長さ二十センチ、幅十五センチくらいの長方形で、やや厚みのあるプラスチック製の容器なのだが、これを入れるためのポシェット状の袋が用意されていた。これを両肩から掛けて、いよいよベッドから起き上がろうとしたのだが。

肩をささえてもらっても、ベッドのそばにほんの二、三秒間立ち上がれただけだった。体中がだるくて傷口も傷むし、なにより足や腰にまったく力が入らないのである。

術後一日
操り人形のやうなこの身は支へられ立たされむとす

「大丈夫、立ち上がれたというだけで、大収穫です」
と、Tさんに言われ、少しほっとする。私自身は、数歩くらいなら歩けるのではと思っていたのだったが。

それからは一日中、とろとろと眠っているような、覚めているような状態のままベッドで過ごした。術創がずっと重い痛みに疼いていたし、それに三十八度くらいの熱が翌日まで引かなかったからである。夕方、仕事帰りに夫が寄ってくれたはずなのだが、それさえよく覚えていない。

その夜プロ野球の交流戦をラジオで聞いたことが、枕元に置いたメモに残っていた。日本ハム対阪神戦で、ダルビッシュ投手が途中まで投げ、六対一で勝ち投手になった、といったことが、くたくたの文字で記してある。阪神の投手が誰だったのかメモになく、どんなふうに点を取ったのかについて記憶にも残っていない。こんなことでもとにかく文字にして、自分なりの時間を生きていることを確認したかったのだろうか。そのときの心境は、今では私自身にもわからないのである。

死はときに背後より来る気がついたときにはきつと息をしてゐない

真っ白い筏に載せられ私は漂流してゐる夜から朝へ

術後二日

五月三十一日。毎朝ガーゼの交換があるのだが、この日初めて自分の術創を見ることになった。取りのけられていくガーゼの下に、こわごわと視線を伸ばした時のことは、はっきりと思い出す。

まず、お臍の下から始まっていたことで安堵した。だがその先がかなり長い。臍下二センチくらいのところから始まり恥骨の上まで、長さはざっと十二、三センチ、おなかの中央を一文字に下りている、といったところ。

リンパ液を排出するドレイン用の管は、術創のちょうど真ん中辺りの位置から左右数センチ外側のところに二箇所、直接皮膚に埋め込まれた状態で取り付けられていた。これも私には何の説明もされていなかったけれど、入院前に読んでいた同病の人のブログによると、管を抜き取った後は、自然に傷口がふさがるのだそうである。いや、そんな軽いものではなさそうだ。長く傷跡が残るのではないか、とちょっと不安が過る。

電動メスにて斬られし私の身体なり　ベッドサイドに見下ろす私
白珊瑚赤珊瑚むきむきに伸びゐる体内　まだ海底にゐる

今日もまた、体中の管を点滴用のスタンドにとりつけ、ドレイン入りのバッグを両肩から下げて、ベッドから身体を起こしてもらった。昨日よりも格段に楽に起き上がることができ、さらに数歩だけれどそして病室の中だけだけれども、歩くことができたのである。おぼつかない足取りではあったが、少しながらも歩行ができ、また背中の痛み止め用の管を抜いてもらえたことが、この日の大きな収穫だった。

皮膚が乾くので乳液を付けておこうかな、と思ったのだけれど、なんと上半身を上げることができず、枕の脇のほんの三十センチほどの高さにあるキャビネットまで手が届かなくて断念してしまった。看護師に身体を起こしてもらった時に、手元の引き出しのほうにコンパクトと乳液を移しておかなくては、と思う。

それでも体のしんどさは、急速に改善しつつあり、自分の回復力に多少ながらも自信が出てきていた。

夕方、夫が顔を出してくれる。

歩を早め近づく君に臥す我は涼しい泉のやうにありたし
「治ったら旅に出ようよ」耳元に蜜垂らすやうあなたは言へり

すこしだけだが、彼に表情をつくる余裕ができてきたような気がした。

病室での携帯使用は禁止されていた上、私自身携帯の操作も覚束ないような状況だったが、私はこの夜、両親のもとに電話をかけている。

「初期のがんだから心配は不要」と告げてあったのだが、手術当日、両親が夫に様子を尋ねてきたらしい。夫は苛立っている様子だった。夫のためにも「私の順調な回復ぶり」を両親に強調しておく必要があった。

「大丈夫？　本当に大丈夫なの？」

いつもの気丈な母とは思えないほど、声が震えていた。

「無事終わったの。心配しないでね」

気力を振り絞り、出来るだけ明るく響くように告げて電話を切る。

親の存在はときに、ただただ、重い。

第五章　退院まで

二〇〇九年六月

体が見る夢

手術後三日目。いよいよ六月に突入する。

この日の明け方に、なにやら鮮やかな色彩のついた夢を次々に見た。七色のビニール紐のようなものが絡み合い、薬玉のような丸い束になっていくつも空中にぶら下がっている。鮮やかな紫と赤を中心に、生き生きとしたオレンジ色やピンク色をしている。そしてくるくると高速で回るさまが、妖しくも美しい。

ああ、夢だ、夢を見ているんだ。と思って目を開けると、病室の白い天井が眼に入る。ほっとしてまた眼をつむると、たちまち先ほど見ていたのと同じ夢の場面に戻ってしまう。

鮮やかな色彩のビニール紐が、依然として寄り合いながらくるくると動いているのだった。

さらにその紐の間を、赤と黒のワンピースをきた女性の影絵のようなものが舞い始めた。それらは規則正しく並んでいて、まるで服地の図柄のようでもある。風に揺れ動くモビールのように、ひらひらと同じような動きを繰り返すのである。

ヘンな夢だったけれど、ビニール紐の方は、体中に管を取り付けられていることからくる身体的ストレスの表れだったのだろうか。麻酔薬のせいで色彩の豊かな夢(あるいは幻覚)を見る、ということはよくあるらしいのだけれど。その場面は夢と思えないほどに鮮やかで、今も眼を瞑ると瞼の裏に浮かぶような気がする。私の心情と関わりなく、身体が勝手に見た夢、という感じがするから面白い。

麻酔後の夢は身体のみが見き絡みめぐれる七色の紐
雪のごとはた塵のごときらめきて「時間《とき》」が降りをり術後の夢に

六月一日の日誌には欄外に「この日から劇的に良好になる」とメモしてある。

ところで夫は子宮体癌の手術が決まった時、

「三時間、三日、三か月だよ」

と私に言っていた。手術の三時間、術後の三日、そして退院後の三か月が回復の節目となるだろう。それぞれの段階を我慢して切り抜けることができれば、順調に回復するよ、という意味だった。我が夫ながら、実に適切な助言だったと今も思う。

手術時間は偶然かもしれないが、三時間で済んだ。そして一番苦しく、ただ夢中で過ごしたのは手術の日を含めた三日間だった。六月一日には、なんとも暗く苦しい淵から両手を引き上げられ、ふっと浮かび上がったかのように、俄然楽になったからである。

「退院後三か月」は果たしてどうなのだろう。その時点で、術創の痛みなどがなくなっているといいのだけれど。

さて、六月一日の「劇的な展開」に相当する、第一番目のできごとは、この日に尿管を抜いてもらえたことである。ただし、排尿の状況が正常かどうか見るために、排尿のたびに膀胱内の尿の残量を測るのだという。五十ｃｃ以下の場合が三度続けば、排尿が正常化したということになるらしい。

膀胱内の尿量の検査は、ちょっと痛い。さらに下腹部に違和感が残って気持ち悪かったので、とにかく早く合格したくて頑張った。尿は片時も止まらず膀胱内に溜っていくものらしい。それで、必ず検査の直前に排尿するように気をつけた。

待たされそうな時は、もう一度トイレに行ってから検査を受ける、というふうに。そしてこれは三度の検査ですぐに合格できたのである。

またこの日から流動食が始まったことも大きな前進だった。朝食は百五十ccの重湯、実のない味噌汁（こんな味噌汁、初めてである）、果汁とプリンである。おなかが空いていたので、すべてぺろりと平らげ、さらにもっと食べたいと思ってしまったのだから、順調に回復しているという何よりの証拠だろう。

午後から点滴のスタンドを転がし、両肩からリンパ液のドレインの入ったポシェットを提げて病棟内を二、三度往復した。前日、初めて病室内を歩いた時は、足元はふらふらとしていて、傍から見たらまるでゾンビだろうな、と思ったものである。でも今日は自分でも驚くほど足元がしっかりしてきた。歩きながら体がぐらつくことがなくなった。

午後夫がやってきて、私が廊下を歩く姿に驚いた様子である。ちょっと立ち止まり、目を見張って見ている。

一日の夕食までは重湯だった主食は、六月二日には五分粥になった。朝食はその他に、ホットミルク、ヨーグルト、豆腐のあんかけがついた。温かいものは温かく、冷たいものは冷たくして供されるのが有り難い。これは各自の食事が載せられてくるお膳にちょっとした細工が施されているためとわかった。

お膳に一か所、深い溝が設けてあって、この部分が大きな配膳用カートにはめ込まれるようにできている。配膳カートは縦に二部立てになっていて、一部は温蔵庫、一部は冷蔵庫になっているのである。

量的にはとても少なく感じる。私は普段、周囲から「小食だね」と言われる方の人間なので、ふつうの人なら耐え難い少なさなのではないだろうか。やはり術後の体のためにかなり量的に抑えてあるようだ。

昼食はお粥、鶏の煮付け、キャベツと人参の煮物、味噌汁、カボチャの甘煮。すべてたいらげる。六月三日には全粥になり、四日から普通の御飯になった。病院食にしては概して味がいいので、ほっとする。

消化器系の手術をうけると、食事のかわりに点滴のみの日が続くことになる。私は消化に関係のない部位の癌だったことを、せめてもの幸いに思った。入院中は食事くらいしか楽しみがないからである。

二十四時間の点滴は六月二日にははずしてもらい、朝晩一時間ずつの抗生物質の点滴だ

けになった。こうして私は一直線に回復していった。ちょっとうきうきしていると、主治医から
「普通はこうではありません。そうそう何の障害もなく退院へ、というわけには行かないものです。たとえば二歩前進のあと、一歩後退、みたいなことがあるんですよ」
と釘を刺されてしまった。

進入禁止、追ひ越し禁止、一時停止の標《しべ》倒しつつ癒えてゆく日々

ステントを抜く

ちょっと気持ちが落ち込んだのは、六月三日のことだった。この日の午前、尿管に入れていたステントをはずすことになったのだった。主治医から言い渡された時
「外す時も痛いんでしょうか」

と、恐る恐る尋ねた私だった。

「入れるとき、あんまり辛かったから、思い出すだけで涙が出ます」

と言ってしまったのだけれど。主治医の話では、入れるときよりずっと短時間で済むし、痛みもはるかに軽いはずとのことである。

朝十時ごろ、泌尿器科の看護師らしい若い人が来て
「短時間の麻酔をするそうです」

と告げられたときは、ついカッとなってしまった。

「麻酔なら、ステントを入れるときにこそ、やって欲しかったわ。これじゃあ、逆でしょ！」

と叫んでしまい、看護師は驚いたような表情で、何も言わずに帰ってしまった。

午前十一時にコールがあり「泌尿器科の外来診療室へ行くように」と告げられる。

パジャマ姿のまま、外来の人たちの間を歩くのは、かなり気がひける。でも、ずらりと並んだ順番待ちの人の間を通り越して、優先的に治療室へ入るのは、ほんの少しいい気持ち。こんなところにしか優越感を覚えないと言うのも情けないところだけれど。

ステントは確かに、入れるときよりも格段に楽ではあった。でも、やっぱり痛いことには違いなかった（ちなみに麻酔はしなかった）。病棟に帰ってしばらくすると体が重たくなり、

熱も出てきた。下腹部に違和感と痛みがあり、これがなんとも気持ち悪い。手術後初めて、もらっていた痛み止めを口にして午後からはうつらうつらと寝ていた。

術後はずっと調子が良かったのにこれを機にまたぶり返すのでは、と不安になったのだけれど、この熱と痛みは単にステントの抜き取りのせいだった。翌日にはもう熱も下がり、下腹部の違和感もずっと軽減していた。

入院中につらかったことは多々あったけれど、ステントにまつわることは最もつらかったことのひとつであった。何十日も身体に入れたままにしておく人がいるということが、私には信じられない。たぶん、体が慣れていくのだろう。私は本当に短期間の挿入だったから、痛い場面だけ経験してしまったことになるんだろうなあ。

　　窓に目をやっても見えるのは空のみ
广《まだれ》より二つぶ重い疒《やまひだれ》　雨もよひかも臥しつつ見上ぐ

抜糸

六月四日、手術から六日目、主治医から「今日は抜糸します」と告げられた。抜糸とはいえ、実際に傷口を止めているのは糸ではなく、ホチキスの針のようなものである。主治医はピンセットのような器具で、この針を一本ずつ抜き取っていく。痛いのかな、と恐れていたけれど、抜き取られる瞬間皮膚の表面がぴりっ、とするだけで、ほとんど痛みはないのだった。

その後、主治医は少し迷っていたが、

「リンパの廃液の量も少なくなっているし、ドレインも抜いたほうがいいかなあ」

と言い出した。

「この管をつけておくと、ここから菌が入って感染する恐れもありますからね。でもリンパ液が排出されるのなら、できるだけここから排出した方がいいんです。まあ、今の段階だと、かなり液が減っているようだから、抜いた方がいいだろうなあ」

「もう少し管を付けておくのと、この段階で抜くのと、どっちがいいでしょう」

と尋ねると、

「どっちもどっち。それぞれにリスクがありますからね」

ということだったけれど、結局抜くことになった。私の主治医はこの後、国外で行われる学会に出席するため、一週間ほど留守になるとのことだった。主治医としては、少し早目とあっても処理しておきたかったのだろう。私はこれで体からぶら下がっていた管はすべて抜いてもらえることになり、身軽になれたことは何よりだったけれど。

嬉しくて病棟散歩にも気合が入った。この日からはお粥から普通のご飯に格上げになり、いよいよ病人気分が抜けていく。

六月五日、初めてシャワーを浴び、自分で髪も洗った。階段を使ってすぐ下の階まで一日に三、四回ずつ往復し、散歩の時間をふやしていく。思えば六日前までは、うんうん唸りながら管だらけの姿でベッドに縛られていたのだ。それがこんなに短期間に回復できるなんて、我ながら驚いてしまう。

優秀な医療スタッフのお陰であることは確かである。日本の外科医療の技術の高さも大きいだろう。でも、でも私はここでちょっと自慢話もしておきたいのである。というのは、入院前の一か月ほどの間、私は自分なりの「手術準備メニュー」を作って、こっそりとトレーニングを重ねてきた。これがかなり効を奏したといえるのではないだろうか。

第一には「排尿障害防止トレーニング」である。子宮癌について書かれた本から学んだものだけれど、尿道口近くの筋肉を強めておくと、排尿障害の防止に役立つという。具体的には、下腹部の筋力を保つために、緊張と弛緩とを十数秒ずつ繰り返すというもの。これを朝晩、十分間くらいずつ日課にしていた。

また全身麻酔を使っての手術をうけると、術後過呼吸の状態に陥りやすいという情報も得ていたので、腹部をゆったりと動かす深呼吸のトレーニングも続けていた。

手術に際して大切なのはなんといっても体力だろうと考え、一日四、五十分の散歩も欠かさないようにした。ちょうど手術が決まった直後、我が家ではエアロ・バイクを購入している。今回の私の病気とは関係なく、以前から購入を予定していたものだったけれど、これはとてもタイミングの良い買い物になった。雨の日や風の強い日など、外を散歩しにくい日には、家でこれを二、三十分ずつ漕ぎ、体力を養うことができたからである。

病院によっては、こうしたことを手術前の訓練として治療のうちに取り入れているところもあるらしい。でも、患者自身が自分の体力や年齢や生活様式などを考え合わせながら、自分自身で取り組んでいくべきことだと思う。

今は百パーセント病院任せとか医者任せ、にはできない時代である。ある程度自分で考え、判断し、行動することが求められる。それを支えてくれる情報がたっぷりあるし、求めようと思えばどんな方法もある。自分の身体は自分で守る。私も今回の病気を通じて、あらためてその心構えの大切さを思い知らされることになった。

引っ越しと海の花火

ところで、六月二日、手術から四日目の朝、いきなり引っ越しを言い渡された。これまでのナースセンター真ん前の部屋からずっと遠くの、一番隅にある部屋から二番目への移動を言い渡されたのである。それだけ私の回復が早いということだろう。

いそいそと荷物をまとめて、言い渡された部屋へ移動していく。ベッドの方は私が使っていたものがそのまま運ばれてくるのである。ちなみにこの病院は四人部屋が基準になっている。ナースセンターそばの部屋では、廊下側のベッドだったが、今度の部屋では窓際に当たり、さらに心が晴れ晴れとした。先に書いたように、この病院は海に近いところに建っていて、見晴らしがいいのである。

引っ越しをして二日後。海のそばで花火大会が行われた。病室からしばらく花火鑑賞をすることになった。鑑賞となると、以前のナースセンター前の部屋の方が、ずっと見やすい位置にあったことがわかる。

それでも、この部屋からも、美しい花火が夜空に大きく開くさまを十分に楽しむことが出来た。この部屋にはあまり重症の人はいず、四人全員で窓際に椅子を並べ、お喋りしながらの鑑賞会となったのである。

病窓を覗きゆく巨きまなこなり海の祭りの花火がひらく
術創の痛めるままに見上げれば一瞬虚空にとどまる花火
ひらきたる花火、と花火の音の間のひとときの黙《もだ》、永久のごとしも

四人の中に、七十代くらいの老婦人が混じっていた。私がいつも体の脇に、リンパからの廃液を入れるバッグを提げているのに目を止めて

「その両脇に下げている袋は、何なの？」

と尋ねてきた。私は、ちょっと胸がどきんとしたけれども、素直に話すことに決めた。

「私、子宮体癌というがんで入院しているんです。手術して、リンパ節を切られているので、排出するリンパ液をこれで受け止めているんです」

女性はすごく驚いたようだった。それから私を見る目に憐れみを感じるようになった。

この女性は早々に退院していったが、そのときに
「ご主人のためにも、しっかり生きていってくださいね」

と激励して下さった。

やはり「癌」という言葉には、どうしても悲愴な感覚が伴う。

「癌」という字を見ていると
疒《やまひだれ》のなかにジョワジョワ殖えてゆく「口」状の斑《ふ》「山」状の芽

とはいえ、私はもうずんずん体調が良くなり、六月八、九日頃にはいつ退院しても大丈夫なくらいに元気になった。学会で留守の主治医の代わりに若い女医が私の担当になって

くれているが、退院の判断まではできないとのことである。

毎朝五時に起きて洗顔を済ませると、まずは病棟の廊下を三、四周する。さらに階段を使って一階分下まで降り、待合室の周辺を歩き回る。三百歩、五百歩、六百歩、と少しずつ歩数を増やしながら、歩き続ける。

朝食を済ませてしばらく読書をしたあと、また病棟の散歩にでかける。昼食後はシャワーを済ませてから読書し、再び病棟内を散歩する。夕食後はラジオを聴き、散歩して寝る。その繰り返しである。この間にも看護師による血圧と体温の測定はある。ときどき「傷口を見せてください」といわれる。いずれも異常なし。

廊下でときどき出会う婦人科の先生たちも
「元気そうですね。ヒマそうですね」

と気の毒そうな表情をするようになった。「一時帰宅もできます」との提案もいただけた。家が近いのなら、それもいいけれど、往復に二時間以上もかかる。それに一度帰ってしまうと里心がついて、もう二度と病院に戻ってくるのはイヤになるような気がした。加えて、まだ人ごみの中を一人で歩くのは怖い。特に腹部に何か強い衝撃をうけるようなことがあっては、せっかくの回復が台無しになりかねない。

私はじっと我慢しながら、この回復期の無聊に耐えた。

主治医はようやく十二日の朝に戻ってきた。私は数日振りに主治医の診察を受けることができた。

「術後の経過は良好です。ご主人も交えて、病理の結果についてご説明しましょう。退院はその後、ということにしましょう」と言われた。

そうなると、一刻も早く、病院を抜け出したくなる。

「病理の結果説明は、私だけで聞きます」

と告げたのだけれど
「これは大事なことだから、二人一緒に聞いて欲しいんです」

と主治医は言う。十二日は金曜日だった。この日に病理の説明を聞けば、翌土曜日に退院できる。でもこれが土曜日に延びると、退院は週明けの月曜日になってしまう。この期に及んで二日も退院が延びるのは、耐え難い気がした。

「退院まで五日」、などと具体的な予定が立つと、その五日間こそが耐えがたく長く感じるようになると書かれた闘病記を読んだことがある。まさにその通りで、私も「退院」の二文字がいよいよ具体的になると、土曜日の退院と月曜日の退院では、まるで月とすっぽんほどの違いがあるように感じたのである。

手術の結果説明

私は焦って夫に電話をかけ「話を一緒に聞く時間を作って」と頼み込んだ。午前十一時過ぎ、夫と共にナースステーションのそばの小さな会議室のような部屋に通された。待つこと二十分、主治医が分厚い書類を持って現れた。

私の癌は以前にも言われていた通り、分化度の高いグレードIの腺癌だった。これはいわゆる顔つきの良い癌ということで、予後が比較的良いのだそうである。

子宮頸部への浸潤は見られなかったが、筋層にわずかに入り込んでいたので、ステージでいうとI期のbになる。また、卵巣や卵管にも癌の細胞は見つからなかったという。

「リンパ節は腫れていると見られる四十個を取りました。こちらからもがんは見つかりませんでした」

と言われた時、思わず
「ほら、切らなくても良かったじゃないの！」
と、叫んでしまった。主治医は
「そうですね、確かにそうだったかもしれない」
正直にうなずいてはくれたのだけれども。夫は
「まあ、それはしかたがないことですから」
と言い、私に向かってたしなめるような表情をした。
　主治医は、私が黙り込んだのを見て、言葉を継いだ。
「四十個は、多かったのか、少なかったのか、わかりません。体の奥のほうのリンパ節は、残してあるところもあります。そこまで切除するとなると、出血も膨大になるし、手術時間もずっと長くなったでしょう…」
　四十個も切除してその中に癌細胞が認められなかったというのに、取らなかった部分を心配する、というのはどういうことだろう。それよりも
「手術中の迅速検査の結果はどうだったのか。それによってリンパ節の切除をとどまるということはできなかったのか」

私はそう尋ねたかった。でももう過ぎてしまったこと、蒸し返してみてもせん無いことだ、と言葉を飲み込んだ。

ともかく、化学療法などの追加治療は不要と判断され、このまま退院できる、という喜びの方が大きかった。もうこれ以上、振り返ることはしたくない。これからのことについて前向きに考えることが大切なのだ、と自分に言い聞かせる。

病院で過ごす最後の夜。午後八時近く、主治医がベッドのそばにやってきた。

「いよいよ、退院ですね。最初、岡部さんは病名を聞いて、声も出ないほどびっくりされていたけれど…」

相変わらず、からかうようにこの話を蒸し返す。この医師は初診の日、私が「癌かもしれない」と告げられたとき、動揺し声も出なかったことを指摘し続けているのである。これを耳にするのは記憶しているだけで五回目だった。私はむかついてしまい、初めて言い返してしまった。

「誰だって、がんだといわれれば驚きますよ、当然でしょう。それに先生はそのとき、転移していたら切れない、と仰ったでしょう。そのことがすごく精神的ダメージになりました」

正直に打ち明けると、主治医は一転、複雑な表情を浮かべた。

「広がっていたらね、そうですよ、手術はできなくなりますから。医者の立場としては最悪の場合も考えなければなりませんからね」

それはわかる、一般論としては。ただ、癌の宣告（そのときにはまあ、確定的なものではなかったが）をするその最初の場面に口にすべきことであったかどうか。患者は「癌」という言葉そのものに十分に衝撃を受け、言葉を失うものである。でもまずは、手術すれば治るのではないか、と思うものである。その最初の希望をいきなり一刀両断にするようなこんな言葉を、あの場では絶対に言わないで欲しかった。

もう過ぎたことだ。蒸し返すべきことではない。私もあの初診の日のことを再度持ち出されなければ、最後まで言うつもりのないことではあったのだ。

退院

六月十三日土曜日朝十時。夫が迎えに来てくれる。私はお世話になった病棟の看護師さん達に挨拶し、病院を出た。外は梅雨の曇り空だったが、雲の動きは早く、時々薄日が差すほどで、雨がこぼれる心配はなさそうだった。町を行くと街路樹を吹く風の音が一番先に耳に入ってきた。

私が入院した五月の下旬には、木々はまだ新緑の面影があった。どの葉にもやわらかな浅い緑が残り、樹形にも繊細な若々しさがあった。空にあふれる光にも柔らかさがあり、景色全体にまだ淡々しい「春」の雰囲気があった。

でもわずか十八日間、病棟で暮らしている間に、木々はすっかり印象を変えていた。どの木にも力強い深い緑色の葉が茂っていて、葉ぶりは密度濃く、すっぽりとかぶさるような影を作っている。葉の間を、チュンチュンと鳴き交わしながら潜り抜けていく雀たちも、動きが機敏に見える。そう、あたりはすっかり夏の風景に変っていたのである。

途中で電車を乗り換え郊外の我が家へと近づくにつれ、曇っていた空から太陽が顔を見せる時間が長くなった。風が吹き、光が動く。所々に雨雫の残る木々が輝き、濃い緑が本当に美しい。青臭い草いきれまで私には新鮮な感じがした。

匂いや色彩や音に対して、自分の感覚が鋭敏になっていることに改めて気がつく。私は都心の真っ白な病棟にながく閉じ込められていて、自然に飢えていたのかもしれないな、と思った。

車窓から次々に移る景色を見つめながら

「ああ、世界はなんて美しいんだろう…」

口にしてしまったらかなり恥ずかしいことになりそうだけれど、とにかく素直に感動している自分がいたのである。

花の季知らず過ぎたり楠の木の影の覆へる遊歩道ゆく
大股に雲の間《あはひ》を散歩するけやきの緑《あを》も六月のいろ
丹沢の頂きに生れふくふくと私腹を肥やしてゐる夏の雲
紐状の茎残るのみムスカリの青の行進いづこへ去りし
曇天がひそかに下ろす命綱　手繰りたぐりて栗の花咲く
再びの命得し身や花季過ぎて十薬に浮くあかがねの色
遠き日の羽織のうらの麻葉紋、日向にまぶた閉ざして想ふ
貯水塔のやさしき曲線夕空に恋するやうに光りだしたり

病気をしていなかったら、四季の移り変わりなど、ごく当たり前のこととしてさほどの感動もなく過ぎていただろう。それが軽度なら、たまに病気をするのも悪くないかもしれない。ちらっとだがそんな風にも思え、そう思っている自分に驚いた。

第六章　リンパ浮腫

二〇一〇年十月

リンパ節廓清

リンパ節廓清については、できるなら避けたい、しないで欲しい、という強い気持ちを持ち続けていたことは先に記したとおりである。だが、一般に婦人科の癌治療にはよほど早期の段階でない限り、リンパ節廓清は避けられない、とどんな本にも書いてある。

たとえば宇津木久仁子著『子宮がん・卵巣がんは手術でなおす』の冒頭には、あるときから「リンパ節をとりたくない」と言い出す患者が続出して驚いたこと、それがある芸人の子宮癌体験談によるものらしいと知ったこと、そして「中途半端な知識とそれによる判断に強い危機感をもち」、それがこの書を執筆する大きな動機になったと記されている。

では子宮癌や卵巣癌の手術の際、何故リンパ節廓清が避けられないのだろうか。廓清という言葉は一般には耳慣れないが、本来は「悪い箇所を取り払うこと」という意味である。子宮癌の場合は、骨盤内にある総腸骨リンパ節、外腸骨リンパ節、鼠蹊上リンパ節、などの摘出が一般的術式に加えられている。癌の進行度によっては、その上部にある傍大動脈リンパ節まで摘出しなければならないこともある。

リンパ節は免疫作用の上で重要な働きをしていて、癌細胞を破壊する物質を備えているという。だが破壊できなかった場合、癌細胞はリンパ節に定着してしまう。これがリンパ節転移である。手術の際、病巣近くのリンパ節を摘出して調べればこの転移が起きているかどうかがわかる。起きていた場合は、リンパ節の廓清が腫瘍の摘出も兼ねたことになるのだそうである。

そうであるのならできるだけ多く摘出すればよいではないか、となる。手術は癌を治すため、再発しないために最大限のことをするものである、という考えに基づけば、これもひとつの有効な方法ではある。だが、場合によっては深刻な後遺症を引き起こすこともある。リンパ節を切り取られたため、行き場を失ったリンパ液が滞り、下肢や下腹部に浮腫が生じたり、リンパ嚢腫や蜂窩織炎という炎症を引きおこしたりする原因ともなるからである。

先述した宇津木久仁子の著書で触れられている芸能人もまた、手術後深刻なリンパ浮腫を体験することになったらしい。

リンパ浮腫が発生する確率は、リンパ節廓清を受けた患者の十〜十二%くらいであるという。そのくらいの数字なら「恐れるほどではないのではないか」と読者の方は考えるかもしれない。だが、問題は確率ではない。

リンパ浮腫は手術後まもなく起きることもあるし、数年後のすっかり忘れてしまったころに起きることもある。つまり、いつ起きるかはわからないこと、そして起きてしまうとなかなか完治しない、ということのほうにあるように思われる。

一度リンパ節を廓清されると、絶えずそのことを念頭に置きながら暮らさなければならない。たとえば長時間同じ姿勢でいることを避ける、正座は避ける、立ち仕事は極力短時間に済ます、足に虫刺されやけががないように気をつける、などなどである。このために、生活の質は必ず落ちてしまうだろう。それでも、癌の再発よりはマシだろう、といわれればなるほどその通りです、とうなずくしかない。

やはり問題はバランスだろう。生活の質の保持と癌の再発の危険性の低率化。二つをバランスにかけ、もし再発率が低いと考えられる場合はできるだけリンパ節も温存すべきではないだろうか。そう願うのは患者の自然な気持ちのはずである。

乳癌ではセンチネルリンパ節というリンパ節が発見されたことにより、リンパ節の廓清は極力抑えられることになっている。センチネルリンパ節とは、リンパ管に流れ出た癌細胞が一番先に通るリンパ節のことで、センチネル（sentinel）とは見張り番という意味である。このリンパ節に転移がない場合はその他のリンパ節にも転移がないとみなすことができ、リンパ節廓清をする必要がなくなるのである。

婦人科の癌の場合はまだこのセンチネルリンパ節にあたるリンパ節がみつかっていないので、リンパ節の廓清を避けることができないという。いずれそう遠くないうちに、センチネルリンパ節がみつかって、子宮癌や卵巣癌の患者も不必要なリンパ節廓清から免れる日がくるのではないか、と期待する。

さて、私の場合は手術前からリンパ節廓清にはとても警戒していて、なんとか切らないで済ませて欲しいと医師に訴えてきた。それはリンパ浮腫の深刻な例を身近に見たことがあり、その症状に恐怖感を抱いていたことも理由のひとつである。

知人で六十代前半のYさんは右足が不自由で、いつも上体を傾け右足を引きずるようにして歩いていた。当初は外傷によるものかと思っていた。それが十数年前に患った子宮癌の手術の後遺症と知らされて驚いた。彼女は手術でリンパ節を廓清された後、深刻なリンパ浮腫を患ったのである。

普段は長いスカートをはいて隠しているというが、右足が左足の倍近くに膨れ、足首にあたるすぼみが全くなくなったのだそうである。ズボンがはけなくなり、長く歩行することも苦痛の様子だった。

私にも同じような症状が出たら、と思うと暗澹とした気分になった。

リンパ浮腫は普段の生活に気を付けてさえいれば、予防できるとは言われている。だが、私自身の生活を考えてみると文章を書くことにしろ、本を読むことにしろ、同一姿勢を長くとることばかり。いずれも浮腫発生の確率を高めそうである。考えると怖くて仕事への挑戦力が鈍ってしまうのではないか。何より、生きることが楽しめなくなってしまうのではないか。そんな不安が次々に襲ってくる。

とはいえ、先述したとおり手術の麻酔から覚醒した瞬間に耳に届いたのが、

「リンパもしっかりとりましたよ」

という、なんだか嬉しそうな（?）主治医の声だったのである。主治医は

「リンパ浮腫になる確率は低いですよ」

と当初から自信ありげであったし、病棟の看護師たちも
「浮腫予防のマッサージ？　まあ、それほど神経質になる必要もないでしょう」

とか、

「岡部さんは大変な手術をした後なのだから、終わってすぐそんなことに気を使っていたら、ストレスが溜るばかりですよ。お風呂上がりにちょっとやるくらいで十分でしょう」

とか、いずれもリンパ浮腫に対して楽観的な看護師ばかりだったから、恐れるに足りないのかな、といささか拍子抜けするような思いもあったのだった。手術の経過も順調だったし、それにリンパ浮腫の発生確率を高めると言う、放射線療法を受けたわけでもなかったので、私の中に多少の気の緩みがあったに違いない。

術後十五日で退院ということになり、思っていたより早く帰宅できて、さあ、これからは回復まっしぐらだと浮かれてしまっていたフシがある。まだお腹の傷は重く疼いてはいるものの、自宅近くの緑陰を散歩するのが一番の楽しみになっていた。


林道の木洩れ陽に弾むわがたましひ　数歩遅れてわが体《たい》もゆく

amble, trot, canter, gallop, 加速する動詞のなかの擬音たのしゑ

リンパ浮腫発症

土曜日に退院して三日後の、火曜日の夜のことだった。シャワーも浴び、私はパジャマ姿でリビングの床に足を投げ出して本を読んでいた。最初は両足をまっすぐ伸ばしていたと思う。そう、ひざを曲げたままにしておくのは良くないということを知っていたから。でもこの姿勢でずっといるのはやはり疲れる。それに私は読書し始めると、つい集中してしまって、呼ばれても耳に入らないほどのめり込んでしまう傾向がある。

いつのまにか私は、右側の足を「く」の字型に曲げてしまっていたらしい。でも、ほんの三、四十分の間である。本を読み始めたのが八時を少し過ぎた頃で、ふっと気がついたとき時計はまだ八時四十五分頃だったからである。

足をまっすぐに伸ばそうとして、はっとした。右側の大腿部がいやにむっくりして見え

たからである。両足をそろえて比較してみると、明らかに右足が太くなっているではないか!

リンパ浮腫とは、片方の足にだけ発症することが多いようである。私の場合も左足は普通なのに、右足だけが膝上から大腿部にかけて、むっくりと膨れていた。

私は慌ててマッサージを始めていた。両肩をほぐす体操から鎖骨のマッサージ、腹部のマッサージ、深呼吸。そして腋の下のマッサージ…。浮腫の予防や回復のためのマッサージはむくんだところだけに行っても意味がないのである。

足にむくみが出るのは、骨盤内のリンパ節を摘出されているからである。行き場を失ったリンパ液は大腿部に溜ってくる。私の場合は、右足の内側と後ろ側にたまっているのがよくわかる。

こうした淀んでいるリンパ液の出て行く道を作ってやらなければならないので、マッサージは遠くのリンパ腺の流れを良くするところから始めるのである。

でも人間の身体とは不思議な再生力を秘めているもので、出口を失ったリンパ液はいつまでもうろうろと大腿部あたりを彷徨っているわけではないらしい。細い流出路を新たに作り始めていく。

手術後三か月位すると、体表近いところに新しいリンパ腺ができてくるという。ただそれらは細くて弱いものなので、つぶさないように優しく撫でることが必要なのだと言う。とにかくマッサージに即効力はない。もどかしいけれど、休まず焦らず続けることが必要、とは手術前に読んだ子宮癌の本に書いてあったことである。

私はその晩、ベッドの端に座布団を重ねて置いて、両足をその上に載せ、早めに就寝することにしたのだった。

立ち上がりまたうづくまる影は見え大き窓なり今宵満月
悲しくて見上げるたびに古代母のやうなる月にみつめ返さる

翌朝、恐る恐る自分の足を見ると、やはり大きさが違っている。メジャーを使って、左右の足の腿、付け根より十センチほど下の部分で太さを比べてみることにした。すると左足が四十六センチ、右足の方は四十九センチだった。あきらかに右足の方がむくんでいるのである。さらに、右足の方は皮膚に触れてみても、なにやら薄絹で包まれているように感覚が鈍い。動かそうとすると、何かが絡みついてくるような違和感がある。

退院してわずか四日後。ここでまた病院に舞い戻るのは気まずい感じがしたのだが、この足の不調について、主治医に意見を聞きたいという気持ちがまさった。朝早く電話して、なんとか時間を作ってもらうことにしたのである。

主治医は、私の左右の足の太さを測った後、

「軽い浮腫のようですね。手術後に避けられない後遺症のひとつでしょう」

と、どこかのんびりした様子で言う。そして朝晩のマッサージを欠かさないこと、同じ姿勢で長時間過ごさないこと、などごく一般的な注意事項を告げられただけで、病院をあとにすることになった。

そうした注意を守っても、左右の足の太さにさしたる変化はなかった。左足が四十五〜四十六センチの間の太さなのに比べ、右足は四十九〜五十センチのままである。さらに右足に透明の網がかかっているような、あるいは足の動きをうまく制御できないような違和感は強まっていった。ときどき、右の鼠蹊部には不気味な丸太がぶら下がっている、といった感覚に襲われて冷や汗が出ることもあった。

退院後二週間ほど経ったある日。やや広めの道を渡ろうとして、途中から右足がもつれたようになってしまった。結局この時は、青信号の間に交差点の半分近くまでしか渡り切

れなかった。焦れば焦るほど、足が思うように動かなくなるのである。

この事態には愕然とした。先に書いたようなマッサージは朝夕、欠かさずやっていたのだが、単なる気休めとしか思えないようになっていた。

それからしばらく、リンパ浮腫に関する書物を読み漁り、ネットなどに載せられている情報や体験談などを調べまくった。そして我が家から一時間足らずのところにある、リンパドレナージの専門の施術院について知り、そこに治療に通うことにしたのである。子宮体癌の手術後、三週間ほど過ぎた頃のことである。

施術院では、リンパの働きについて詳しい説明があり、その後、自分で行うマッサージの方法もより詳しく教わった。ここで知ったのは、私のリンパ浮腫は軽いものであること、もっとひどい浮腫に悩んでいる人がたくさんいることである。

特に、乳癌の治療のために、体側部のリンパ節を廓清させられた人の中には、腕の浮腫に悩む人が多いことも初めて知った。足の浮腫の場合は、太めのズボンをはくなり、長めのスカートをはくなりすれば、さほど目立たない。

でも腕の浮腫となると、なかなかそうはいかない。夏の間も長袖で過ごすというのも大変なのではないだろうか。なかには、手首や手の甲部分までぱんぱんに腫れている人もいて、これでは日常生活にかなり支障があるのではないかと気の毒になった。

施術院に通いだして、十か月ほどたったある日。施術師から「リンパと静脈を結ぶ吻合手術がリンパ浮腫に有効だから、受けてみないか」と提案された。

それと同時に、施術師が私に提案してきたことがある。「ケロイド化してしまった手術痕の縫合手術も、同時にやってもらってはどうか」というものである。私は、リンパ浮腫と同時に、術痕のケロイド化にも悩まされていたからである。これについては、章を改めて詳しく書くことにする。

吻合手術

都内にあるT病院では、リンパ浮腫の治療として有効であるとされている吻合手術を行っていた。全国でもこうした手術を行う病院は少ないようだった。

吻合とはあまり耳慣れない言葉である。接吻の「吻」の字が使われているので、それとなく語源の見当もつくのだが、辞書をめくってみるとやはり「上唇と下唇を合わせること」が本来の意味として載っている。ここから「ぴったりと合う、一致する」さらに「血管や神経が互いに連絡していること」という意味が、加えて発展的に生まれたのだろう「病的、あるいは外科的に本来分離されている二つの臓器や内腔を互いに連絡すること」という意味もあるのである。

私が受けようとしている手術は、足のリンパ管と静脈とを結び付けるというものである。リンパという言葉は最近になってよく耳にするようになった。だが十年以上前となるとどうだろう。リンパ管やリンパ液がどのような働きをするものなのか、情報は少なかったのではないだろうか。

十一年余り前に子宮体癌を宣告され「リンパ節廓清」と告げられた時、私はあわててリンパについて調べた記憶がある。体内で不要となったタンパク質や水分を心臓に戻す働きをしていること、体内を巡回するため、癌細胞がリンパ液に乗って、臓器から臓器へと転移する媒介となりやすいことなどを知ったのである。

癌の摘出手術に際しては、患部の周辺のリンパ節も転移の予防を兼ねて摘出してしまう場合が多い。摘出される個数は、癌の進行度などによって異なるらしいが、私の場合四十個だった。

リンパ節を摘出されるとリンパ液の動きが滞り、不要な水分などが行き場を失ってしまい、むくみ易くなる。だがそこは人間の体、よくしたものでしばらくすると皮膚の表面に細かいリンパ管のバイパスができていって、ここを通って心臓へと送り込まれるようになっていくのだそうである。

ただし、この急造のバイパスは細かく、本来のリンパ管の動きに比べると格段に小規模なものなので、いろいろと渋滞も起こりがちであるらしい。長い時間正座したり、虫に刺されたりした場合や、特に足に傷などを負って感染症などを起こした場合、急速に下肢が腫れあがるということもある。

そのひどい例が、蜂窩織炎と呼ばれる症状である。私がX病院で子宮体癌の手術を受けたとき、隣のベッドに入院していた五十代半ばの女性がまさにこれだった。

彼女は数年前に子宮頸癌の手術を受け、子宮と付属器官、卵巣のほかに六十数か所のリンパ節を切除されたという。術後は順調な経過をたどった。やがては自分が癌だったということも忘れていたほどだった。

ところがある日、転倒して足にけがをしてしまった。すると急に鼠蹊部のあたりが普段の倍以上にも腫れあがり、歩くことが出来ないほどになった。子宮頸癌の手術を受けたこの病院に運び込まれ、蜂窩織炎と診断され、結局二週間以上も入院することになったのだった。

リンパ節を切除されると、何年も経ってからその影響が現れることがある、という例を、私は手術直後に身近で知ることになったのである。

このようにリンパ液が閉塞し皮下組織にたまってしまう状態を予防するため、リンパ管と静脈をつなぎ合わせて、リンパ液を直接静脈に流す通路を作ってやるというのが形成外科で行われる吻合手術なのである。

施術院から紹介状をもらうとすぐ、T病院に予約を入れる。電話をしたのは七月の下旬のことだった。初診の予約でさえずっといっぱいで、直近の空きは十月の中旬であると言われた。ところが二週間ほど後の八月中旬、T病院から電話が入り、キャンセルがあったので、八月下旬に予約を変更できる旨を告げられたのである。私にはすこぶる幸運なことであった。

病院——巨大な生命体

T病院は学生時代に何度か訪れている。患者としてではなく、厳密に言えば病棟の近くを通っただけであるが。学生時代にこの近くでアルバイトをしていたことがあり、医学部の食堂で昼食を食べたことを覚えているのである。

一九七〇年代前半のことで、食堂で何を食べたかはまるで覚えていないのだけれども、T病院や医学部の建物の印象の方は強烈に脳裏に残っている。

何やら古めかしく人を威嚇するような荘厳さと陰鬱な雰囲気を漂わせており、あまり関わりたくない場所だなあ、と思った。T大の価値が今よりもずっと重々しく、権威の象徴のように思われていた時代だったせいもあるだろう。

そうした雰囲気は、現在はずっと希薄になっている。建物の重厚さ、古臭さは随所に残っているものの、それらをすっと後退させるような明るさと現代的な軽快さが奇妙に混じり合っている。それは世代も性別もそして国籍も超えた、実に多種多様な人たちが自在に行き交う騒々しさによってかもし出されているように思われる。

病院とその付属施設に近い門をくぐると、真っ先に目に入るのが全国展開している某コンビニ店である。病院に併設されているもので、こういう商業施設が入っているということだけで、ここがいかに大衆的な場所となっているのかが想像できる。病院の入り口には「本日の予約数」という看板が出ていて、その数字はほぼ毎日三千人を超えるという。病院で働いている人、ここで学ぶ学生や研究者、コンビニや食堂なども含む病院関係者、そして患者とその付添い人、見舞客、また絶えず病院を訪れている業者などを加えると、この建物近辺の人口は万単位になることは間違いない。そう、ここはひとつの町のような場所なのである。それも病気という共通項を介して離合集散を繰り返す、特殊な生命体であるといっていいだろう。

この渦巻くようなカオス、それが生み出すヴァイタリティが、T病院が脈々と纏ってきた権威の象徴のような色彩を、限りなく希薄にしていると私には思えた。こういう時代を見ることができる幸せをふっと感じたのである。今日はとにかく、すべてを無にして、完ぺきな「被験者」のような存在になろう、と思った。

病院の厳めしき門をくぐるときひそかに「我」の気配消したり

初診はとにかくいつも大変である。どこの病院でもだいたいそうなのだが、再診の人が優先される。私の予約時間は午前九時半だったけれど、呼ばれたのはなんと午後一時半だった。丸四時間待たされたことになる。

ここの主任のK先生は、五十代の恰幅の良い男性医師である。私の足と腹部の状況から、軽いリンパ浮腫という診断で、

「予防的な吻合手術を行いましょう」

と告げられる。手術日は十月六日と指定された。この日は、K先生は学会で国外へ出張されているそうだが、

「なに、私に劣らず優秀な先生方がついていますからね」

その日のうちに、手術のための血液検査、レントゲンなどに回される。会計を済ませて病院を出たのは五時近く。晩夏の日差しがすでに傾いている時間だった。

治療には、まずは体力、そして精神力、加えて経済力も要る。今回の手術には八日間の入院が必要で、全部の経費は合わせて四十万円ほどであると説明を受けている。

高額医療費による補てんがあるが、それでも自費部分は二十数万円かかるはず。夫が積極的に治療を勧めてくれているので、私は安心して手術を受けることができるが、もしそ

うでなければ不安はもっと大きかっただろう。ストレスも溜まったことだろう。

そんなことを思いながら、病院の出口へと向かうと、実習生らしい白衣の一団が横切って行った。談笑しながら通り過ぎる彼らは若々しく美しく、明るい未来からの光を浴びているように見えた。少し違和を感じて立ち止まってしまう。

ここは病む人が集まるところ、辛く苦しい思いが凝集する場所であるが、一部の人達には誇り高い職場であることも確か。そんなことがちらりと脳裏を過ぎったのである。

さんざめき白衣の実習生が往く院庭　日向ばかりを選《よ》りて

入　院

十月五日午前八時過ぎに家を出て、午前十時にT病院の入院手続きの窓口にたどりつく。銀行でよく見るようなカウンターが数個並び、番号のついた整理券を受け取って自分の番号が呼ばれるまで待つ、という仕組になっている。

私の番号は二十番近く先のもの。この病院の患者数の多さと規模の大きさが想像できた。子宮体癌の手術をしたX病院では入院手続き窓口はひとつで、だれひとり並んでなどいなかったことを思い出す。

待つこと二十分あまり。ようやく名前を呼ばれ、あらかじめ書き込んでおいた入院書類を渡して手続きを済ませる。形成外科の病棟のあるナースステーションへ向かう。案内された病室は四人部屋で、X病院と同様、部屋ごとにトイレとシャワー室がついていた。

パジャマに着替えて、バーコードの入ったテープを腕に巻かれると、すっかり「患者A」に転換させられた気がする。すでに体験していることだけれども、この「転換」は、気分の良いものではない。社会的な関連を絶たれ、本来持っているはずの様々な個性もはぎとられて、無個性の存在へ貶められたような気さえするのである。

ベッドの枕元には小さなロッカーが準備されている。そこに荷物を収めていると、早速担当の看護師がやってきた。血圧や体温の測定などがあり、体調などについての簡単な問診もあった。

さらに担当の看護師はカルテをめくりながら、

「吻合手術と同時にケロイド化した術創の縫合手術も行う予定になっていますね」と告げるではないか。術創のケロイドの治療については、八月に診察を受けたときに相談はしていたが、手術できるとは聞いていなかったので、全く嬉しい驚きであった。

看護師が去った後、一階にあるコンビニへと買い物に出かける。とりあえず手術に必要と言われた消耗品を用意しておかなければならない。同時にベッドの横に据え付けられている冷蔵庫に、飲み物と少々の食べ物を入れておこうと思ったからである。

買い物は入院中のささやかな楽しみ。一人の人間であることの大切な確認の行為でもあるように思われる。手術後しばらく、ベッドから容易に起き上がれず、買い物さえできなかった日々がひどくつらかったこととして思い出される。だから「もうすぐ手術」という事態になると、急に買い物できることの楽しさ、ありがたさが思われるのである。

それであまり喉が渇いているわけでもないが、とりあえずジュースと水、特に食べたくもないヨーグルトなどをいそいそと買い込んだ。

昼食は十二時から。同じフロアの中央に食堂があり、歩ける患者はここで食事をすることになっている。配膳のあるカウンターの端にバーコードの読み取り機が設置されていて、患者はここに自分の腕についているテープのコード部分をさらす。すると配膳係の人にその番号が伝わり、食事を渡してくれる、という仕組になっている。これも便利は便利。でも自分がやはり何の個性もない一患者に成り下がったような、寂しさの確認になってしまうのであるけれども。

この日の昼食は麻婆なす、厚焼き卵、大根おろし、ごはん、漬物、味噌汁。麻婆なすは味が薄く、ひき肉を申し訳程度載せているだけ。味噌汁は化学調味料っぽい匂いと味、さらにぽそぽその御飯。

正直に言って、X病院よりもかなりまずい。食器もぺらぺらとしていて、学生食堂なみ。食べながら、じんわりと心が沈んでいく。これから一週間の入院期間、こんな食事をあてがわれるのか、と思うとみじめになる気持ちを抑えられなかった。

差額料金を払うと特別メニューが提供される、という張り紙があった。翌日からでも、変えてもらう方がいいかなと思ってよく読んでみると、内容はあまり変わらず、メインディッシュの一品が変わる、という程度なのだった。たとえばある日の標準メニューの「オイスター炒め」が「エビフライ」になっているという程度。

差額料金といっても一食当たりたったの百五十円上乗せされるだけだったので、食事の質を上げるという期待などそもそも無理ということになろうか。治療に来ているのだ、グルメ体験に来ているのではないじゃないか、と自分を戒める。

ただし、病院の食堂は見晴らしが良いので、ほっとさせられる。真下に緑濃い公園、そして遠くのビル群を望める。食事時をはずすと、窓際の席はたいてい空いていた。私は時々ここで、ぼんやりと窓の外を眺めながら時を過ごした。

法師蟬の声は西へと遠ざかりがらんと残る空間が秋
無秩序に伸びつづけゐるビル　屋上にひとつなまめく真白きシーツ
雲間より漏れる光に平凡なビル　神殿となれる時の間
雨靄に遠きビル群霞みをり　廃墟のやうに　仙境のやうに

ふり灑ぐあまつひかりに目の見えぬ黒き蚱を追ひつめにけり　斎藤茂吉『あらたま』

昆虫に注ぐひかりを「灑ぐ」とす茂吉の若き秋を想へり
一筋の青いけむりが過ぎたやう樹冠を発ちし鳥見失ふ

手術は翌十月六日午前八時からの予定である。この日の午後には、担当医師による診察があると聞いていたので、できるだけ留守しないようにベッドに張り付いていたのだけれど、医師はなかなか現れない。早めにシャワーを済ませて、ひたすら待つ。夕食の時間もすぎ、七時を少し回った時に、ようやく一人の男性医師が登場。

「足の親指の付け根に注射をします」

とのこと。リンパ管を見つけやすくするため、色素を注射することがあると聞いていたので、これがそうなのだろう。打たれると間もなく足の甲あたりを中心にかゆみが出てきたが、我慢できないと言うほどではない。

病室の仲間

私のベッドは窓際にあった。向かい側にはIさんというまだ三十代前半と思われる女性が陣取っていた。彼女は十年余り前に子宮頸癌を患い、手術後はずっと足の浮腫に悩まされてきたのだという。

ずいぶん若い時に癌にかかったのだな、と気の毒な感じがしたのだが、彼女はどことなくヤンキーっぽい女性で、小さなことは気にしない性格のように見えた。

さらに吻合手術を受けたのは九月二十七日だと聞いて驚いた。彼女は家が遠いので、抜糸できるまで入院させてもらうことにしたのだという。通常は手術後一週間で退院できる。普通の人より一週間も長く病院に居ることになる。

ベッドのまわりにはお見舞いに届いたらしい、豪華な花がいっぱい飾ってある。そして四六時中携帯電話を放さない。北関東の方で夫と共に自営業を営んでいるため、絶えずあちこちに仕事上の指示を出す必要があるのだとか。さらには友人らしき人と、若い女性らしいよもやま話に花を咲かせていたりしていた。

X病院では病室での携帯電話の使用を禁止していたが、ここは甘い。使い放題である。

夜、Iさんがシャワーを浴びて戻ってきたとき、私はいきなり、強い香りに鼻孔を突き刺されるような刺激を感じてしまった。やがてくしゃみが出始め、目からは次々に涙があふれ出る。もう何も手につかなくなってしまう。私は埃や香水にアレルギー症状を起こすことが多い。どうもIさんが使っているシャンプーかリンスの香料のせいらしかった。

鼻水も止まらなくなり、だんだん頭まで痛くなってきた。こんなにひどくなることはないのに。困った、どうしよう、と思っていると、Iさんが私のベッドのそばに寄ってきた。

「風邪？　それともアレルギー？　明日手術なんだから、大切にしなくちゃダメじゃない」と言って、私にマスクを渡してくれたのである。それを着けると、いささかましになった。

自分の使うシャンプーかあるいは香水に問題があるらしい、と気づいてくれたようである。その後、彼女がシャワーを終えた後に、私が困るような強烈な香りがふりまかれることはなくなったのである。

ヤンキーっぽい女性に見えていたが、周囲にはきちんと気配りする人だったのだと気付いてほっとする。

入院費を健康保険内で済ませようと思うと、大部屋以外に選択肢はない。それでも、X病院、そしてこのT病院とも四人部屋だったので多少はましであった。これ以上の人数となると、いささか人疲れしてしまうから。あまり自分勝手な言動をする同室人がいないという点でも、恵まれていたと思う。

私の斜め向かいのベッドには、やはり三十代の女性が血管腫で入院していた。彼女は同じ病気で、三度目の入院だという。でも今回の四人が今までのベストメンバーと言ってくれた。隣のベッドには、乳癌の手術予定という六十代の女性がいた。物静かでいつも本を読んでいる。

手術の日

　十月六日の手術の日。朝七時半に、病室の近くにある、処置室へ呼ばれた。足の撮影のためだったが、ここで初めて今日の手術を担当してくれる医師に会うことが出来た。三十代の美しい女医である。天はある人には二物も三物も与えてくれるものらしい。その女医に

「おなかの傷の縫合手術も一緒にしてくれるんだそうですね」

と念を押すと、にわかに細い眉をひそめた。

「その話は聞いていません。それに、今日はK先生も留守だし、とても両方をできる態勢ではありません」

と言われてしまった。そして逆に

「縫合も同時にやるという話になっているのですか？　誰から聞きました？　看護師からですか？」

と尋ねられてしまう。看護師と医師との間で、うまく連絡し合えていなかった、というこ

とになりそうだ。困ったな、と返事に詰まっていると

「ケロイド状の術痕を綺麗に治すのは、結構大変ですよ。だいたい、ケロイドの症状の出た人は、縫合手術もまたケロイド化する傾向にありますから」

縫合手術には積極的ではないということがわかる。少し落胆したのだったが、結果的にここで吻合と縫合を同時に行わずに、良かったと思う。それぞれに大変な手術で、一度に二つも受けることは身体への負担も大きかったはずだからである。

八時少し前、迎えの看護師が来て、手術室へ案内される。今回の手術はおおよそ手順も決まっているし、家族は来ないということを伝えてあった。不安なのは局所麻酔で行われること。頭上にモニター画面が設置され、患者は自分の吻合手術の様子を画面で見ることが出来ると言われていたことである。

同室のＩさんは、すでにこの手術を受けていて、色々と教えてもらっていた。

「もういやになるくらい、鮮明に見えちゃうんだよ。最初はきっと、かなりビビるよ」

彼女の口調には済んでしまった人の余裕が感じられた。同時に不安がっている私を、からかうようなひびきも含まれていた。

手術室にて

私の手術は朝一番に行われるということだった。看護師に付き添われて、歩いて手術室へ向かう。手術室周辺は、看護師、医師、患者など多くの人達で溢れていた。こういう大きな病院では、同時に幾つもの手術が行われる。まだ朝の八時少し前というのに、ここではもう、こんなに密度の濃い時間が流れているということに驚く。

手術室の冷たい固いベッドに寝かされ、腰の上の部分と両手をそれぞれベルトで固定された。まさにまな板の鯉状態。足には青いマジックインキのようなもので、線が描かれていく。リンパ腺の在りどころを分り易くするためのしるしらしい。他に模様のように見える赤い線が引かれ、ところどころにメモみたいな数字が書き込まれる。

その後局所麻酔され、いよいよ右鼠蹊部からメスが入れられた。その様子が頭上のモニターに拡大されて表示されるので、ぎょっとするほど鮮明である。最初は見るのが怖かったのだが不思議なもので、すぐに慣れてしまった。

皮膚のすぐ下は、黄色い綿状のものがぶわぶわと広がっている。これは脂肪だろうか。

その間に、細い静脈が走っている。綿状のぶわぶわをかき分けて、リンパ腺が捜索される。一部は薄い膜状のものに張り付いている。リンパ管の実際の太さは〇・五ミリくらいであるという。モニターでは、細紐程度に見える。これを丁寧に剝がしていく。

そしてリンパ管よりやや太い静脈とつなぐのだが、それに使われるのは〇・〇五ミリの糸のついた針である。一か所の吻合に約四十分から五十分くらいかかる、大変な作業だった。

女性医師が右足鼠蹊部を担当してくれている一方、昨日私の足指の付け根に注射をしてくれた男性医師が右足首にメスを入れはじめた。さらにもう一人の若い男性医師が、左足の鼠蹊部担当ということで、作業に入る。

患者がベッドに動かずにいられるのは、せいぜい五時間くらい。しかも間に少し休憩を入れて、体を動かす時間を設けなければならないのだということは、今朝女性医師から聞かされていた。

その短い時間を有効に使うため、同時に三人の医師が吻合手術を行なうという手順になっていたのである。なるほど、二時間を過ぎたあたりで、体全体がしびれるように疲れてきた。二時間半を過ぎたところで、いったん休憩に入る。

少しだけだが手足を動かしてもいいと許可が下りる。ただし、ベルトで固定されているから、四肢の緊張を解く、というくらいでしかなかった。

手術は五時間後に終了。左右鼠蹊部、右大腿部、右ひざ下、左右の足首、右足甲部分の合計七か所にメスを入れられ、左足一本、右足八本の合計九本、リンパ管と静脈との吻合に成功したということだった。

私の場合、右足に浮腫が出来ているので、治療の中心は右足になる。左足にも吻合を行うのは、左足にも浮腫が起きた場合に備えての、予防的な措置としてだった。ストレッチャーに載せられて、病室に戻されたのは午後二時だった。


夕方、仕事帰りに夫が見舞いに来てくれた。モニターで手術の様子を逐一見ることができたと話すと、心底いやそうな顔をした。

「映画ではよく不気味な場面を平気で見ているのに、おかしいなあ」

と言うと、

「あんなの、作りもんじゃないか」

と真顔で反論する。

午後七時には、静脈を広げるための点滴をすることになった。これが、何やらすごく痛い点滴なのだった。冷たい氷水が皮膚のすぐ裏側に貯め込まれていくような、しんしんと沁みとおるような痛さなのである。おまけに、毎回入院するたびに感じることなのだが、看護師によって点滴の仕方の巧拙が歴然とある。

T病院のこの病棟には、失礼ながらあまり点滴の上手い人はいないらしかった。点滴の針を刺される時ひどく痛んだり、刺された周囲の皮膚が腫れたりすることも多い。結局、点滴の差込口を腕の甲に止めっぱなしにする、という方式が採られることになった。これがまた、かなり鬱陶しい。洗顔のときやシャワーを浴びるとき、邪魔になることこの上ない。この点滴は毎日就寝前の一時間に行なうと決められていて、一週間後の退院の日まで続いた。正直、毎回泣きたい気持ちだった。

凍て空にまたたく星の蒼さもて痛覚のみに降りくるしづく

読書と歌の日々

翌日から導尿の管が外され、自分で歩くことができるようになった。ただし、吻合手術後しばらくは、あまり動いてはいけないと言われていた。食堂や処置室に行くくらいの距離は構わないが、一階の売店などに出かけたいときは、看護師に頼んで車椅子を使わせてもらうように、と申し渡されたのである。

忙しそうな看護師をこんな用事で使い立てするのは申し訳ない。ひたすらベッドに張り付いて読書をして過ごすことになった。長めのミステリがいいだろうと思い、桐野夏生の小説などを持ち込んであったのだが、

入院は六日で済みぬ携へ来し桐野夏生は上巻のまま　栗木京子『けむり水晶』

という歌の影響もあったかもしれない。ちなみに私の入院期間は最初から一週間と決められていたので、桐野作品の中では比較的短い『残虐記』を持ち込んだところ、二日で読み終わってしまった。ほかに村上春樹の訳したアメリカの短編小説集を持ち込んでいた。

村上の訳文を読んでいると、彼がいかにアメリカの小説から多くを得、自分の文体の創造に影響を受けたかが、よくわかる。

病室に開けばしづかな羽ばたきが言葉と化《な》りき村上春樹

この病院は図書室も充実していると耳にしていたので、入院中はそこを利用しようと思っていた。けれども私の病室のある病棟とは別棟の、かなり遠いところにある。車椅子を頼むのは気が引けたので、出かけるのは諦め、その後は、短歌を作ることにした。

とはいえなかなか集中できない。ノートを広げてぼんやり窓の外を見ながら、写生感覚で目に映るものを三十一文字にまとめようとしていたら

「あなた、短歌か俳句を趣味にしてられるの？」

隣のベッドの、六十代の女性から声をかけられてしまった。

「短歌の方なんです」

とつぶやくように言いながら、きまりが悪くなって、早々にノートを閉じることに。

歌を作っている時、私は時々、苦悶の表情を浮かべるらしい。夫によくからかわれることを思い出したのだ。産みの現場は、やはり他人には見られたくないものだ。

それに、短歌が趣味としてかなりマイナーなものであるという意識も、人前での大っぴらな創作にブレーキをかける。俳句と短歌を混同している人や、短冊に毛筆で書きつける

と思い込んでいる人達もいたりして
「季語とかあって、約束事が面倒なんでしょう」
とか
「あの崩し字もさらさらっと書いてしまうんでしょ。私なんかとても読めません」
などと言われると、もう対応する気力も萎える。

作者のみ読者はなし、といふ短歌野の花のやうと我はかなしむ
呆けた顔してゐたらしい　美しい歌の花野を巡りゐたるに
かの秋の医院の紅葉美しかりき弱りしこころに霏々と散りきて

個室だといいのになあ、と思うけれど、その費用の高さにぶっ飛んでしまう。この病院では一番安い個室でも、一泊の自己負担が三万円ではなかっただろうか。そういえば『おい癌め飲みかはさうぜ秋の酒』の著者・江國滋や『ガン病棟のピーターラビット』の著者・中島梓も一泊数万円の個室に入院していたことを記している。売れっ子作家さんたちだから、仕事をするためにも必要だったのだろうけれど。

他に十万とか、病院によっては四十万とかの部屋もあるらしい。いったいどんな人が泊まるんだろう。

手術の翌日から、入院生活はほとんど毎日同じことが繰り返される日々となった。朝は六時起床後、洗顔。六時半に看護師が回ってきて、検温と血圧測定を行う。七時に朝食。シャワーを浴びて、着替えをすませる。

九時半には「歩ける入院患者は処置室へ行くように」というアナウンスが入る。診察室前に置かれた椅子に並んで腰掛けながら、順番を待つ。そのときに、前後の人達とちょっとおしゃべりすることもある。

入院三日目の診察の順番を待っていた時、隣に六十代半ばくらいの女性が腰かけていた。十年ほど前に乳癌の手術を受け、その後腕の浮腫に悩まされていたという。この病院を紹介され、吻合手術を受けたところ、腕のむくみが半分以下になった。十年ぶりに半そでの服を着ることができる、と笑っていた。同じ病室には、鹿児島県と愛知県からきている人もいるという。地方の人は大変ですよね、と言う。その人は墨田区に住んでいるのだそうだ。近くてありがたいです、とまたにっこり笑う。笑顔の愛らしい人だった。

朝の検診が済むと、昼食までは何もすることがない。

夕食の前にすべきことはシャワーを浴びることだけ。そして午後九時には消灯ということになるのだけれど、八時にはあの痛い点滴が待っている。

入院四日目。海外へ出張しておられたK先生が帰国され、診察を受けることになった。

「モニターを見ただろう。自分のリンパ腺を自分の目で見られる人は、そう多くはない。貴重な経験をしたんだよ。モニターで自分の手術の様子を見た人は、必ずこの経験を他の人に語るはず。そうすることで、吻合手術への一般の理解も深まるんじゃないかな」

と熱く語られる口調にK先生の治療へのこだわりの一端を見せつけられる思いがした。

一週間の入院を無事終え、十月十二日に退院する。この後も抜糸までの一週間は安静にするように申し渡されていた。このため私は十月十七日に京都で行われた、河野裕子さんを偲ぶ会に出席できなかった。

河野さんはこの書の冒頭でも触れたが、二〇〇〇年秋に乳癌の手術をされている。八年後に転移がみつかり、二年間の闘病生活後二〇一〇年八月に亡くなられている。

とても印象的な会だったと、多くの人達から聞かされた。足を運べなかったことはかえすがえすも残念だった。

たいせつな人失ひし夏過ぎてどつと波打つ大すすき原

「死は生身」と詠みたるひとよ月影にその生身なる声を零《ふ》らせよ

死者はまだほわんと近し夕焼けに片明りつつなびく絹雲

翌年『蟬声』が刊行された

遺歌集にかそけく点りとこしへの月かげを曳く茗荷の花は

第七章　ケロイド治療

二〇一三年三月

術痕のケロイド化

Ｔ病院でリンパ浮腫の治療を受けたとき、術痕の縫合手術についても相談していたことは先述しているが、この章ではその術痕の経過と治療について触れることにする。

子宮体癌の手術後一か月半の二〇〇九年七月、退院して初めての診察のときに私の術創を見た主治医が、

「ケロイドになりそうな感じだな」

と独り言のように言った。

その頃はまだ、おなかの中に焼け付くように熱い大きな鉄の玉を抱え込んでいるようだ

った。重たく激しい痛みが絶えずあった。腹帯で大切に巻き、外を歩くときは他人にぶつからないように細心の注意を払う、というような日々だった。

さらに先述したようにリンパ浮腫の症状が出ていて、施術院に通い始めていた。とても術痕のことまで心配するような余裕はなかった。それでもその時の主治医の言葉は、小さな棘のように心の隅に刺さった。

ケロイドなんてなるはずがないという根拠のない自信と共に、もしそうだったらいやだな、という漠然とした不安の芽生えだった。

子宮体癌の手術では、臍の下二センチくらいのところから恥骨の上まで、十二、三センチほど切られていて、スキンステープラーという縫合器具によって、縫いとめられていた。これはいわばホッチキスみたいなもので、金属針で傷口を閉じるものである。

簡便で手術時間を短縮できるというメリットがあるらしい。針の除去に痛みが少ない利点もあるという。確かにそれは、私自身経験済みである。医師は「抜糸」するといっていたが、実際はピンセットみたいなものを使って、針をぷつぷつと皮膚から外しただけだった。瞬間的にぴりっとした傷みが走るだけで、苦痛はほとんどなかったのである。

術後三か月ほど経つとお腹の痛みは依然あるものの、手術でできた傷がカサブタ状になってきた。やがてそれも剝がれ落ちて、いよいよ綺麗になるのかと思われたころから、ミミズというよりも、細身のナマコが貼りついているような大きさで、術痕が目立つようになった。

やや紫がかった鮮紅という色彩も不気味である。やはりケロイド化していくのか、と愕然たる気持ちだった。入浴のおりなど、いやでもこの傷が目に入る。手術前後の辛く打ちひしがれていた時の感覚がよみがえってしまい、知らぬ間に涙が流れている、ということも多々あった。

「岡部さんの術痕はひどい状態ですね。ケロイド化しているじゃないですか。吻合手術と一緒に術痕の縫合もしてもらった方がいいんじゃないですか？」

リンパ浮腫のマッサージを受けながら、施術師の人にこんなことを言われることが多くなった。

秋も深まる頃には、術創のまわりがかゆくなり、特に暖房の効いた部屋に入った時など、我慢できないほどの痒さに襲われるようになった。寝ているときにも、知らぬ間に掻いているということもあるらしく、下着にうっすらと血がにじんでいることもある。盛り上がっている部分が下着に擦れて、何とも痛痒く気持ちが落ち着かないことも多くなった。

この頃は手術を受けた主治医から、二、三か月おきの診察を受けていた。二月の診察のときに、初めてケロイド化している傷跡について主治医に質問した。主治医は
「こうなってしまうと、傷が一本の線に収まる、ということはないですね」

と、はっきりと言う。つまり、みみずばれの太さは解消されないということなのだろう。

「まあ、これから色目は徐々に薄くはなっていくでしょう。岡部さんは肌の色が白いから、比較的目立たなくなるんじゃない」

と軽い口調で言い、

「ケロイドの有効な治療法は手術ですが、人によってはその手術でさらにケロイドが大きくなる、ということもあるので、積極的には勧められません」

と付け加えた。

本当にそうなのだろうか。ケロイドはできたら最後、あきらめるしかないのだろうか。そんな疑念が湧いてきて、インターネットを使って、ケロイドの原因や有効な治療法、またその治療を専門としている病院や医師について調べ始めた。ネットには様々な情報が溢れていて、このことで悩んでいる人が少なくないことに改めて驚いたほどである。

そこでみつけたのが、横浜市内のK病院だった。ケロイド治療について実績のある医師

が、週に一度出張診療しているという。我が家からさほど遠くはない。早速出かけてみることにしたのは、手術のちょうど一年後の五月のことである。

六十代のベテランらしいその医師は、私の術痕を診て、

「ステロイドのテープを貼るくらいしか、治療法はないのですよ。そしてはっきり言って、そのテープも目に見える効果が期待できるものではありません」

と、明快な口調で言った。そして

「手術はよほどの場合でないと、しません」

と言い切ったのである。人目に触れやすい場所にできたケロイドなら、という意味だろう。また、普段は人目にさらさない部位であっても、患者が若い女性で、これから結婚し出産を目指すというような場合もまた、「よほどの場合」に含まれる、ということかもしれない。それも一理あると思った。

手術の費用と日程

さらにインターネットで調べていると、ある形成外科・皮膚科の医院でケロイドを専門的に治療しているという情報に出合った。レーザーによって治療するので痛みはほとんどないとのこと。治療前、治療後の写真付きで紹介している。ここを訪れてみようと思い立ち、電話で予約を入れることにした。

この病院は都心にある駅ビルの建物に隣接した施設だったが、まるでホテルのように豪華だった。待合室にいても、なんだか落ち着かなくなる。ネットではよくわからなかったが、いわゆる美容皮膚科系の医院だったようである。

私の術創を見た女性医師は、なんとレーザー治療には一言も触れず、すぐに手術を勧めてきた。ここは、レーザーを売りにしている病院であるはずなのに。ホームページでも、手術については全く触れていなかったではないか。

戸惑っている私を置き去りにしたまま、傷の長さと幅を測定し、手術費は傷の面積によって異なると説明し始める。私の傷は大きいので手術費が九十万、麻酔や術後処置など諸経費を合わせて百数万、という見積もりを提示された。この医院は私費診療で行うことが原則らしかった。

その金額にも驚いたが、さらに驚かされたのが日程の方だった。手術は入院せずに、平日の午後四時から行い、術後は少し休憩室で休み、午後七時ころに帰宅。翌日の午前に診察を受け、一週間後に抜糸、と説明されたからである。

私の家はこの病院から電車を乗り継いで一時間半はかかる。特に手術の日、午後七時に帰宅ということは、術後間もなくの傷を抱えて、帰宅ラッシュのなかを帰らなければならないということになる。それはどう考えても無理な感じがする。縫合手術を随分と軽く考えているらしい。この医師を信じていいものなのか。

その一方で、

「よほどの場合でない限り、手術はしない」

と言った横浜の医師の言葉も思い出される。確かにケロイドは命に係わるといった症状ではない。治療しようとなると、私費でやるしかないということなのか。

私はその場で少し思案した。そして医師の口調に押し流されるように、いったんはここでの手術を決めたのだった。

百万円は大金だけれど、虎の子の貯金を崩せば何とかなるのではないかと思えた。

血液検査と、術痕の写真撮影を受ける。ほかに術痕の上に貼るように、とステロイドのテープを渡された。これだけで二万円余り払うことになった。手術は三週間後の午後四時から、とのことだった。

家に帰って夫に話すと、その医院のことについて色々と訊かれた。傷跡がきれいになり、かゆみや痛みから解放されるのなら、百万円でもいいじゃないか、と言ってもらえた。彼ならそう言うだろう、と思いつつ、私は考えれば考えるほど気持ちが揺れた。

結果からいうと、私はここでの手術を受けないことに決め、断りの電話をいれることにしたのである。医師と向き合っていた時にはさほど不審に思われなかったことが、色々と疑問を伴って思い出されたことも原因の一つである。たとえば

「ケロイドの手術をした患者が、さらにその縫合手術でひどいケロイドになったという例もあるらしいけど、どうでしょう」

と尋ねたところ

「心配なら、傷をまず半分、手術してみますか。麻酔などの諸費用が倍になりますが、そ

の時の様子を見て判断できるでしょう」

と、実に簡単に言われたことも心に引っ掛かった。傷を治すための手術だが、それもまた皮膚に傷をつける行為である。あまりにも安易に捉えているように思われる。

だいたい、日帰りで手術するということは、入院のための体制が整っていないからではないだろうか。ということだと、他の面も手薄なのではないか、と疑うこともできる。たとえば感染症などに対する配慮は万全なのだろうか。疑いだすときりがなく、私はついにここでの手術を断念したのである。

主治医との悶着

子宮体癌の手術の翌年、二〇一〇年の夏であった。この年の夏の暑さは尋常ではなくて、七月の上旬から真夏日が続いていた。

暑い暑い中空の汗ぢりぢりと絞り取るべく油蟬鳴く
キャンディの棒しやぶりゐる少年をひとまたぎする大夏の影
人を寄せ蝶をめぐらせ炎天に樹は佇ちてをり佇つほかになく

七月の第一火曜日、退院一年後の定期検診の日だった。これに先立って、私は退院後二度目のCT検査も受けていて、その結果を聞くことになっていた。

診察室に呼ばれ、医師のそばの丸椅子に座ると、医師はこんなことを言い出した。

「おなかの術痕なんだけれど、ケロイド化しているんだって？　CT画像に映っているらしく、そのことについて映像部の方から指摘があったんだけれども…」

傷跡が、ケロイド状へと変わってしまっていたことは、診察のたびにこの医師自身が肉眼で見ていたことではないか。二月には私の前で、話題にもしている。それをまるで映像部に言われるまで気づかなかったかのような口調である。

私はといえば、この術痕のことが気になって、インターネットを使って色々と治療法を調べたり、複数の病院を受診したり、苦慮しているというのに…。

それはないでしょう。私はこみあげる怒りを抑えながら訊いてみた。

「縫合のやり方として、どうだったのでしょう。真皮縫合という傷跡を目立たなくするやり方もあるそうではないですか。そちらの方を採用してもらえていたら…」

「そんな、たら、れば、今更言われてもね」

　この投げやりな口調に、私はもう自分を抑えられなくなっていた。

「でも、この術痕はちょっとひどいですよ。私が今通っているリンパマッサージの施術院でも、色々な手術を受けてきている人がいるけれど、こんなひどい状態になっている人って、いないようですよ」

　それは、医師自身が感じているらしかった。ちょっとたじろいだ様子だったが
「婦人科の手術として標準のやり方をしたのですから。うちの病院には形成外科はないし、そちらの応援を仰ぐという方針はこれからもありません」

「形成外科なみの処置はもちろん望みませんけど」

「まあ、病巣の摘出の結果、そうなったということで受け入れてもらわないと」

「もちろん、私の場合は、もうあきらめるしかありません。でも…先生の場合は、これからも、私のような患者を診ていくわけでしょう」

　最後の一言は、ちょっときついかな、と自分でも思った。でも、何か他に選択肢があっ

て、これから私のような例を少しでも防ぐことができるのなら、やり方を変えていくように検討してもらえるのではないか、と思ったのである。

私はもう五十代も後半に入っている。たとえ十数センチもの大きな傷がいつまでも消えずにあろうとも、そしてそれがおしゃれの幅を狭めることになるとか、お風呂に入るたびに手術のことを思い出して、涙が浮かんでしまうとか、寝ている間にかきむしってしまって、下着に血がにじんでいることもあるとしても、まったく我慢できないというようなことではない。

でももしこれが二十代、三十代の間に起きてしまったら、どんなに悲しく、悔しかっただろう。身体にできた大きな傷跡が、そのまま心の傷口になってしまうことは大いにあり得ただろう。癌という病気が治せるのなら、その跡は少々大きかろうが、醜かろうが、痒かろうが、どうでもいいとは思いたくない。

この時の医師との応酬が、私には大きな心のしこりとなって残ることになった。結局信頼しきれない、という判断につながっていったのである。

この医師には、さほど簡単ではない手術を担当してもらえたこと。当時三十代半ばと、若くて経験もあまり積んでいないように見えたけれど、それなりに全力を注いでもらえたことはわかったし、深く感謝もしている。でも、ときどき発せられる患者の神経を無視した物言いに、私は何度も傷つけられた。特に今回の「映像部に指摘されて…」という言葉は、許せない気がした。

私は、術後の定期検診は、家からほど近い公立病院でしてもらうことに変更する決心をしたのである。

私はさらにネットで術痕の治療について調べを続け、この分野で突出した活躍をしているO医師が勤めるZ病院について知ることになった。O医師はメールでの相談も受け付けているとのことだったので、早速症状について詳細に記したメールを送った。すると「手術以外にも複数の対処法がある。いつでも受け入れる用意があるので、病院に予約を入れてほしい」という返事が届いたのだった。

いそいそと電話したのは七月の中旬だったが、初診の予約を取ることが出来たのは、二か月半も後の、十月上旬。ところが、これは吻合手術をしてもらう予定でいたT病院の予約が早まり、入院が十月上旬に決まってしまったため、とりあえずZ病院の予約をキャンセルすることにしたのである。術痕の治療とリンパ浮腫の治療を天秤にかけると、やはり後者を優先すべきだと思われたからである。
T病院で吻合手術と同時に術痕の縫合手術も行ってもらえないかどうか、相談もしたのだったが、ここの形成外科では術痕の手術に消極的だった。結局、リンパ浮腫の手術のみをお願いし、その回復に集中することにしたのである。

術痕の治療のためにZ病院を訪れるのは、これより二年近くも後のことになる。吻合手術のあと、しばらくは手術を受けようという気になれなかったことが一番の理由だった。思えば、最初に癌を宣告された十一年前から、二度目の癌を宣告されるまでは、ほとんどその他の病気で医者にかかることはなかった。せいぜい風邪くらいで、きわめて健康できていた。

ところがいったん手術を受けると、その歪みがあちこちに現れる。まるでもぐらたたきのモグラのように、叩いたそばから別のモグラが顔を出すような状況だった。エッセイストの岸本葉子に『がんから始まる』という著書があったことを思い出す。最初にこの題を知った時は、どういう意味なのかよくわからなかった。今ではまったく頷ける。まさに癌は、宣告されたときから病気が始まるのだと言っていい。

リンパ浮腫の吻合手術後の経過は順調だった。右足の皮膚感覚、以前は何か薄絹をかぶっているような鈍いものがあったのだが、それも薄れ、足の運びも手術前に近いものになっていた。さらに吻合手術で両足に九か所できた術痕のうち、七か所はほとんど目立たなくなった。

めくるめく三年が過ぎ足指と足指触るる確かさにあり

ケロイド治療へ

二〇一二年の秋、私は再びZ病院に予約の電話を入れることにした。やはり随分と混んでいるらしく、初診の予約を取れたのは十二月に入ってからである。

初診は、とにかく待たされる。Z病院の形成外科は異常なほどの混雑ぶりで、待合室を兼ねている廊下は人で溢れ、椅子に座れない人達は立ったまま待っている。私は何とか座る隙間をみつけ、待つこと三時間。

ようやく医師に呼ばれた。担当のO医師は、驚くほど若い男性医師だった。白衣を着ていないし、表情も柔和。医師というイメージからは全く遠い人物だったのである。話し方もなんともカジュアルな感じで、ここは病院なのだろうか、と不思議な感じがするくらいだった。

術痕を診た後、O医師はすぐに二つの治療法から選ぶように提案してきた。縫合手術と注射による治療である。私はすぐに手術を申し出た。注射は一度T病院で受けたことがある。術痕に直接注射針が入るので、ものすごく痛い。そして即効性は期待できないらしい。それなら手術しかないではないか。

手術となると待機している患者が沢山いるので、何か月か先になる、と言われる。ともかく二月下旬ころにもう一度診察を受けるように、と申し渡された。

二月の再診のときに手術の意志が変わらないことを告げ、ようやく手術の日程が決まった。三月十四日に入院し、十五日に手術。十六日に退院。退院の翌日から連続して三日間、術創に放射線を当てるため通院するように、ということだった。

十六日が土曜日だったので、放射線治療を受けるのは、十八日、十九日。それと、二十日は春分の日なので、翌二十一日ということに決まる。抜糸は術後十日の、二十五日に行われることになった。

その日は、血液検査、レントゲン、心電図など一通りの術前検査を受けた。また放射線科の医師の診察も受ける。ケロイド化した術痕を切り取り、縫合した跡がさらに盛り上がってこないようにするための放射線治療だったが、時には逆にへこんでしまう場合もあるのだという。そんなリスクの説明も受け、入院の予約をする。費用としては、入院費を含めて二十万円くらいの自己負担という。以前、日帰りでの手術を提示されたあの病院の費用の、五分の一以下であった。

入院を四日後に控えた三月十日、いつものように近くのスーパーマーケットの駐車場に車を入れ、買い物を済ませて戻ると、止めておいた車の近くの通路に一台の車が一時停止していて、警備員がその車の窓越しに運転席の男と話している。周囲の人たちが立ち止まって見ている様子からすると、事故を起こした車両のようである。近づいてみて、その被害を受けたのは私の車だったことがわかった。前面のライトが壊れ、右側面がかなりへこんでいる。

私の車の隣に駐車しようとしてぶつけてしまい、そのまま帰ろうとしていたらしい。気がついた警備員が引き留めていてくれたのである。不幸中の幸いではあったが、入院前の忙しい時にさらに面倒な手続きが増えて、頭の痛いことだった。

縫合手術と放射線治療

手術は朝十時から始まり、お昼前に終わった。麻酔から覚めると最初に、腹部に巨大な焼け石が押し付けられているような、圧迫感と激しい痛みを感じた。体全体が重苦しくて、容易に声も出ない。

昨日、同じ手術をした人が、隣のベッドにいるが、手術直後からごく普通にしゃべっていて、さほど苦しくもなさそうだったのに。この私との違いは何だろう、と不思議になる。昼食は当然食べられないが、このままでは夕食も無理のようだった。予定では明日退院だが、はたして自分の足で歩いて帰れるのだろうか。

午後いっぱい、体中を襲うだるさと腹部の痛みに耐えて過ごす。もう身動きするのもつらかった。ケロイドごときで、手術するべきではなかったか、と後悔の念も湧いてくるほどだった。

Z病院の看護師たちは、比較的年配の女性が多かった。てきぱきとしていてそつなく仕事をこなしているが、やや愛想に欠けると思われる看護師も多い。私の担当の看護師もそんな一人だった。冷たいタオルを額に当てていたら、気分が少しはましになるのではないか、と思えたが、なんだか頼みにくくて、それも我慢することになった。

ところで、三年余りの間に三つもの手術を受けてみると、人間の体とは、不思議なものだなあと、つくづくと感じさせられる。どの手術も直後はもう本当にしんどかった。二度と立ち上がれないのではないか、自分の口から物を食べる、ということさえ、無理なのではないか、と思われた。

それは手術という故意の傷害に対し、身体が当然の反応を起こした結果なのだろう。だが、それも一定の時間を過ぎると、ふと楽になる瞬間が訪れるのである。水中に沈められ、必死にもがいていた身体が急に水面に浮上するような感覚である。

手術後四、五時間はつらくてつらくて、退院は延期してもらえるのかどうか、訊いてみなければ、と思い続けていたのに、午後六時ころになると不意に身体全体がすうっと軽くなってきたのがわかったのである。

手術前に受けていた説明でも、六時には自分で歩いてトイレに行けるはず、とあった。まさにその時刻に、ふっと自分の体が自分のものになったのだった。私はそろそろと起き上がった。まだ体はふらつくし、腹部は押さえつけられたように痛むのだが、ベッドのそばに降りることができた。

ちょうど担当の看護師が通りかかり、ちょっと驚いたように私を見たが、今までのしかめっつらをはぎ取るような笑顔になり、

「まあ、それなら、すぐに食事を届けるようにしましょうね」

と言ってくれたのである。

その後、ガーゼ交換の折りに縫合跡を見た。最初の手術の時のようなスキンステープラーではなく、きちんと糸で縫い止められていて、ナマコ状の術痕は消え去っていた。

空のきず、飛行機雲のはらはらと解けゆくやうに癒えてゆきたし

翌朝、目が覚めたときはさらに身体が軽くなっていた。予定通り午前九時に荷物をまとめて、退院する。

翌週月曜日から、祝日を挟んで三日間、放射線治療に通わなければならない。我が家からZ病院までは、その時の乗り継ぎの便によるが、二時間近くもかかる。予約の時間は午前十一時と、遅い時間を抑えることが出来たが、手術後間もない身体には連日の通いは応えるのではないか、と思えた。

すると夫が、一日目の月曜の夜だけでも、都心のホテルに泊まったら、と提案してくれたのである。これはとても嬉しかった。とはいえ、贅沢はできないと心を引き締める。このたびの術創の手術は、二泊三日の入院で済んだので、自己負担分は十万円弱。思っていたよりお安く済んだのだけれども。

これからまた、どういう症状が起き、どんな治療が必要になるか、わからない。私はネットを検索して、神田にある安いビジネスホテルに予約を入れた。その日は、神田の古本屋などを見て回り、何冊か本を買い入れて、ホテルの部屋でゆっくり読書を楽しむことにした。通院の身を忘れることのできる、優雅な時間を過ごせたのである。

放射線の治療は、意外に簡単なものだった。放射線室のベッドに横たわり、アナウンスされる通り、体を動かすだけ。治療時間も短い。予約時間はほぼ、守られ、待たされることもない。なんだか拍子抜けするほど、とんとんと進み、会計も再診料の二百十円を支払うのみ。私は放射線治療にはそれなりのお金がかかるのではと身構えて、少し多めに用意してきていたので、このことも嬉しい驚きだった。

抜糸が済んだ頃には、おなかの痛みはだいぶ薄らいでいた。幅一センチ以上あった術痕は綺麗に取り去られ、一本の線が残るのみである。半年後には、その線も随分細くなり、さらに一年後には、線の一部が消失するほどまでになった。

癌の宣告から六年半。休まずに戦い続けたような日々だった。その戦いに勝った、とはまだいえない。しかしながら、負けていないことは確かである。

垂直に落ちつつ白くしなやかに水の繊維を編みてゐる滝
音たかき滝となりしも瞬時にてよどみながらの流れはつづく
少しづつこころを言葉に置き換へて放たれゆかむここより遠く

あとがき

病院の入り口から一歩踏み出すと、洗いざらしの朝の光に包まれた。空には分厚い雲が盛んに動き、その間から目に沁みるほど鮮やかな青が切れ切れに見える。雨上がりの空気がしんと澄んでいて、深緑に被われた樹木が風に揺れ、雨雫を光らせる様子がたとえようもなく美しかった。

子宮体癌の手術を無事に終え再び帰宅できることを、周囲から祝福されているような気がしたことを覚えている。それはまた次の苦悩の始まりでもあったのだが。

この文章を書き終え振り返ってみるに、我ながらずいぶんジタバタと、悪あがきを繰り返したことだなあと思う。何とも恥ずかしく、同じくらいに感慨深い。

最初の癌宣告を受けた後は、その疑いを晴らすために数か月間も奔走・迷走を繰り返した。さらにその十一年後に襲われた体調不良と、二度目の癌宣告。手術の後も後遺症であるリンパ浮腫の発症、術痕のケロイド化などの治療が重なった。長い日々だった。

この間、色々と落ち込み、肉体的にも精神的にもきつい日があった。眠れないほど恐怖に囚われる夜があり、何を見ても涙がこぼれるような昼があった。

ようやく乗り越えることが出来、手術前と同じくらいに健やかな日々を享受できるようになったのは、周囲の人たちの支えがあったからである。一番身近にいて、あれこれとアドヴァイスしてくれ、まさに物心両面で支えてくれた夫には、いくら感謝の言葉を重ねても足りない気持ちがしている。

そしてもう一つ、私には短歌があったことが大きかった。

現代短歌に興味を抱くようになったのは、三十数年も前のことになる。『昭和万葉集・全二十巻』（講談社）の新聞広告に載っていた「観覧車回れよ回れ想ひ出は君には一日《ひとひ》我には一生《ひとよ》」という栗木京子の一首が私を捉えたのである。

以後、幸運な偶然が二つほども重なって、私は栗木の所属する結社誌「塔」に入会することが出来、以来短歌に関わる日々を送ることになったのである。

自分が何か病気なのではないか、という不安にかられ診察を受けるきっかけになったのも冒頭で書いたように。同じ結社の選者であった河野裕子の短歌だったし、最初の癌宣告に疑念をもち、苦しんでいた時に救いの言葉をかけてくれたのも、歌の友人だった。

その後の辛い治療の間も多くの人達の歌を読み続けることで、自分の精神状態を保つことが出来たような気がする。

また、私自身にも「こんなひどい目にあっているのだから、作歌のネタくらいにしなければ、やっていられるか」という気持ちも生まれた。

歌の構想を練っていると、ベッドに縛り付けられている時間も苦にならないようになったのである。じっと病室の天井を見上げながら、多くの時間、これから作るだろう自分の「名歌」を夢想（妄想）しながら過ごしたりしたものである。

同時に私は多くの闘病記にも支えられた。文中でも引用した中島梓、岸本葉子、江國滋らの著書の他、癌の闘病についてではないが柳澤桂子らの著書、そして闘病記に類するたくさんのブログにも目を通させてもらった。

これらからくじけそうになる心を立て直し、自分を客観視する方法を教わった。また実務的な面でも得るところが多かった。

私も自分の体験を綴り、歌に詠むことで、ささやかでも誰かの心の支えになることが出来るのではないか。これまで受けてきた恩恵をすこしばかりでもお返しすることが出来るのではないか、と考えるようになった。

本文は退院直後から、忘れないように少しずつ書き溜めていたものを中心に加筆修正している。

癌を宣告されることは恐ろしいが、その治療はもっと恐ろしい。すっと死ぬことが出来たらどんなに楽だろう、と思った瞬間は何度もある。

同じような想いを今体験されている方、これから経験されるだろう方もきっと多いだろう。そうした方々のいくばくかの参考に、そして支えになれたらと願っている。

刊行に際し、お世話になった青磁社の永田淳、吉川康両氏、装幀を担当して下さった花山周子さんにお礼申し上げたい。

二〇一五年盛夏

岡部　史

著者略歴

岡部 史（おかべ・ふみ）

1951年9月山形県に生まれる。

日本女子大学、アメリカノースカロライナ大学に学ぶ。

1983年8月「塔短歌会」に入会。

著書に『古きよきアメリカン・スイーツ』（平凡社）、『お菓子のうた　甘味の文化誌』（ブイツーソリューション）など。訳書に『オペラ座の怪人』（金の星社）、『魔女図鑑』（金の星社）など。歌集に『宇宙卵』（筑波書房）、『韃靼の羊』（砂子屋書房）など。

二つぶ重い疒《やまひだれ》 ――癌闘病歌日記

初版発行日　二〇一五年十一月二十三日

著　者　岡部　史

定　価　一〇〇〇円

発行者　永田　淳

発行所　青磁社

京都市北区上賀茂豊田町四〇―一（〒六〇三―八〇四五）

電話　〇七五―七〇五―二八三八

振替　〇〇九四〇―二―一二四二二四

http://www3.osk.3web.ne.jp/~seijisya/

装　幀　花山周子

印刷・製本　創栄図書印刷

ISBN978-4-86198-331-3 C0095 ¥1000E